歲月如歌

楊興安 著

目錄

序：寫在人生邊緣上

曾紹樑

因為工作的關係，有幸認識楊興安博士。細讀他的文章，除了佩服他學問深湛，也發覺彼此的人生軌跡，竟然有不少交匯地方，只能說緣分之奇，每令人意想不到。楊博士新書《歲月如歌》，數十篇大作中有曾見刊於《信報財經月刊》和「灼見名家」網頁。本人身為「灼見名家」執行編輯，為楊博士的文集作序，樂而為之。

書中有多篇文章記敘作者早年學習和工作經歷，反映的是五十年代至八十年代的香港生活。最令我印象深刻的，是〈童年小露台〉文中的照片，楊興安站在自家露台上，背景的李陞小學正是小兒畢業的母校。由此可知楊興安與筆者竟是相隔了數十年的街坊。李陞小學如今風采依然，周圍的建築卻早已面目全非。

楊興安八十年代進入《明報》工作，任社長室行政秘書，不但熟悉社長查良鏞和金庸小說，而且與《明報》各部門都有聯繫。本人大學畢業初出茅廬，亦曾進入《明報》做「出版社小廝」。儘管在職時間短，無緣見到查大俠，但對於書中提及《明報》文化名人陳非（龍國雲）和紫微楊（楊君澤）也有同事之緣。

外界都知道陳非是著名食家，其實他是縱橫新聞界四十年的資深記者、《明報》副總編輯。紫微楊則曾任《明報》編輯主任，是嶺南畫派名家楊善深的胞弟，精通中國術數，他的《清室氣數錄》，以術數的角度書寫清代歷史，讓不懂術數的我也讀得津津有味。

《歲月如歌》一書收錄了楊興安博士談文字、文化、文學、教育和歷史鈎沉等多篇文章。楊博士是興中會先烈楊衢雲先生的堂姪，多年來關注楊衢雲的歷史地位，近代史鈎沉自是強項。但他亦愛研究唐代傳奇，關心教育。錢鍾書先生有云：「人生是一部大書。」《歲月如歌》是楊博士寫的一部書，也是他的人生點滴。他的作品是一座文史哲的寶山，進入這座寶山的讀者，當不會失望，一定不會空手而回。

二〇二二年五月

前言：時代的印記

本人先後出版了十多部著述，但散文只有二十年前的《浪蕩散文》。年前承文灼非兄、鄧傳鏘兄約稿，散文雜文寫多了，分別在雜誌及網頁刊出。今選出集而成冊，賦名《歲月如歌》。第一組「歲月」，收錄一些青少年時代及至遙遠童年的憶述。從中反映香港的演進和昔日的香港，那較貧窮和安逸的日子，令人懷緬。對今日港人，或更有感悟之處。其次是一些生活感受的散文，集中談論文士、文心和文化。未知今日在香港生活的讀者，是否能引起共鳴。

及談古今文人言行，其中其人文采事業，即未能驚天動地，但其人格偉業自有出色之處，為人景仰。或資佐談，拓寬心胸視野，舒暢馳神。最後寫今日可見香港文化現象，浮世繪情，令人是憂是喜，當如人飲水自知。

本書名為「歲月如歌」，實因無論內中談及的人物，還是社會現象，都是歲月如流的時代印記，可訴可歌。寄盼讀者翻卷之餘，更感悟歲月之無情有情。正如李白所說「浮生若夢，為歡幾何」。

本書蒙曾紹樑兄慨曾序文，黃晨曦設計封面，謹此致以衷心謝意。

楊興安

謹識　壬寅年夏日

歲月驕陽之無聲

一個成人的記憶，究竟可以回憶到什麼年代呢？我曾向母親覆述我被表哥用孭帶背着，到薄扶林道、高街口凌月仙嬰兒院輪取牛奶的情景。母親說絕無可能，因為那時我只有三歲。但當時情景，如今幾十年後仍歷歷在目。

他睡了沒有？

我努力回憶我第一個記憶，好像比這件事還早，該是我還不懂說話，不懂走路的日子。最早的記憶是一天晚上，父親抱着我，哼我睡覺，在走廊巡迴慢行，唱着：「別離人對奈何天，離堪遠……」的時候。後來我才知道，這是徐柳仙的歌。那晚也不是父親第一次唱，聽得多了，便記得內容。當時在房間的母親高聲叫問：「他睡着了沒有？」父親低頭望我一眼說：「還沒有睡着呢！」記憶中我也是望了父親一眼，沒有說話，再瞌上眼睛，繼續聽父親低唱。現在說來，也感到有點誇張，但實情如此。所以，我肯定不懂說話的嬰孩，後期是聽得懂父母的說話的。

不讓我知道婆婆回鄉

還記得爬行時代的一次回憶。鄉間婆婆在家中小住，我從走廊一步步爬到廳中，見婆婆拿着針線縫衣。她見到我，便把用小布條已結成的鈕給我玩，我拿在手中把玩，後來怎樣便記不到了。婆婆要回鄉了，事前聽到母親和姨姨說我一定不讓婆婆走，一定大哭，婆婆離去時一定不讓我知道。現在想來當時還不會說話，但已懂得成人的話了。後來一天聽到嘈雜聲，原來婆婆正下樓梯回鄉，我大哭大吵不讓她離去。走到二樓，走出那家人的二家姐來，還記得她叫「何姐」，我當時也知道她很疼惜我，她哄着我，抱我入二樓家裏。我還是哭，不記得她對我說什麼，後來不哭了，也忘記婆婆要走了。對婆婆還有一次記憶，婆婆病了，母親帶她看醫生，我們坐上的士，兩旁街道不斷向後倒退，我感到十分奇怪，所以印象深刻。

隨二哥看連環圖

二哥愛看連環圖，自我懂事開始，已知道他帶我看連環圖。最初他用孭帶背着我到書店，放下我，塞兩三本書在我手中，自己便看個不亦樂乎。在一次他帶我到水街和第三街交界西園戲院旁的圖書檔看書，不久，他對我說：「媽媽將到附近買菜，不能被她見到」，慌忙退入內座。當時我想：為什麼不可以給媽媽見到了？但我沒有作聲。看完書，他望望我說：「你已懂得走路，不用我背着了」，便拖着我的手回家。記憶中，我身高只及他半腰，在街上看到三樓家中露台，感到奇怪新鮮，這是第一次看到自己的住所，印象至今猶在。二哥成年後不幸長期染上病患，人變得孤獨，與兄弟疏離。他一生鬱鬱，相信看連環圖的日子是他最快樂的時光。而他帶我看連環圖，我一生都對他充滿感謝。

渾沌的夢境

說來許多人也許不信，我還記得第一個夢、第二個夢，其後的，印象模糊了。當時不知道那是夢，只見自己躺臥在一張木板單人床上，很安靜。看到左邊是淡墨綠色的牆，牆上掛着一大扎拜神的香枝。香枝是黃色，香末是紅色，和今日的拜神的香一模一樣。至於當時的年紀，現在也不清楚了。

說到夢，青年和中年時，都常常夢到自己身處風景美麗的地方，即使在夢景中，也感到欣賞和快意。對於夢，我還有神秘的感受，我曾夢遊到紐西蘭、菲律賓、越南、泰國。一些地方，後來竟然親歷其境。在夢境中當然不知道那是什麼地方，親歷後才有夢中曾遊

作者當日居於薄扶林道與第三街交界單邊樓宇。

的感覺。聽說許多人都有這種經驗，但比較特別的，有一年我站在奧克蘭市中一梯級上，曾有夢中一遊的感覺。後來問人家，那梯級是幾年前才建的，而我的夢，約早在二十多年前發生。這情況我感到十分奇怪，但沒有深究。對大自然天道，人類的智力實在太低了。

雖說好夢猶來最易醒，但我還是希望發發好夢，陶醉於夢境，醒來也是痛快依戀的。踏入中年，母親過世了，間中在夢中見到母親，和她閒話家常，恍如日昨，醒來依戀中總帶着淡淡的哀傷。

朦朧歲月——戰後初年的香港

我在二次大戰末期出生，當年住在西區薄扶林道和第三街交界新唐樓。是簇新有水廁的樓房，因為單邊，十分通爽舒適。

武裝軍人民居操演

有一晚午夜街外突然嘈吵亂，滴滴踏踏加上夾雜的人聲，把我從半夜熟睡中吵醒。我和父母同床，母親首先往床頭的窗外探望，說：「馬！馬！許多馬！日本仔將馬趕去香港仔。」父親也起床看看，但看來興趣不大，瞬間又倒頭便睡。我也想起床看看，但他們沒有叫我，我好像還是渴睡，不願動。不久噪音遠去，回復平靜。事後曾和母親談及，她也是說日本人將馬匹趕到香港仔，我失去看到這個難忘的機會，至今仍感到遺憾。

也許年紀和我相差不遠的人都記得，戰後曾有全副武裝的軍人在西營盤拍門上樓實彈操演。突然一卡卡軍車穿迷彩軍服的西洋軍人在薄扶林道、第二街、第三街一帶跳下車，像巷戰一樣佈防。家居也曾被這樣的一個軍人拍門要進來，拿着槍械，跑到露台，向外瞄了一會，看來地點不合，便走了。我們像看戲一樣，感到有點驚恐，又新奇，他走後又感到可惜。軍士入來我家只有一次，但這樣的演習最少兩三次。

初次的驚恐和親近大海

生平第一次懂得擔憂，是姊姊騙我。我天性頑皮，一次偶然獨自一人走進廚房，那時眼睛只略高於桌面，見砧板上切了一些韭菜，便想試試生韭菜的滋味，拿入口便嚼。姊姊剛進來，問我吃什麼？我說：「韭菜！」她知道我偷吃，便說：「死咯！你吃了韭菜會變狗的！」我大吃一驚，想一想便說：「不對啊！我們都吃過韭菜又不會變狗？」姊姊說：「我們吃的韭菜是熟的，生吃韭菜便會變狗！」我聽了十分懊惱，擔憂會變狗，很沒趣地走出廚房。幸好小孩子很快忘記，沒多久便忘記得乾乾淨淨，好快樂！

未開明悟前還有一次難忘的經歷，是第一次看到海水。母親帶我到碼頭渡海探親，入閘進了統一碼頭，低頭看到石英泥的地板，疏孔的，可以直接望到腳下的海水。海水悠悠盪盪，這樣近距離接觸綠色海水，感到好看又有趣。後來一次父母帶我去送船，親戚到美國定居。原來大洋船要泊在海中心，要乘小電船到海中心的碼頭。第一次乘小電船感到新奇有趣，有些風浪，母親問我怕不怕。我挺起胸膛說不怕。上了巨輪，一層層、一列列、一個個房子，很有趣，也很易迷路。見到親戚，不知大人們長談什麼，很悶。他們給牛肉乾我吃，哇！不得了，十分滋味，吃完兩片再不給我，只有引頸空期待，又不敢要，死蠢！

輪船要開了，才是主題。船上的人都走上甲板和送船親友道別。一條條五彩繽紛的紙彩帶從高高的船頭飄下來，送別的人執着另一端。巨輪緩緩而行，彩帶漸漸被拖長，終於彩帶被扯斷了，在空中隨風輕蕩，夾雜着道別人聲沸鼎，揮手道別，造成一幅壯麗依依不捨的動人畫面。許多年以後，我也只能在電影中才能看到，回憶卻永遠留在腦海裏。

身在福中——戰後街頭多辛酸

我家廚房和卧室之間有度「吊橋」，是小露台。「吊橋」對着第三街的真光戲院。未建戲院之前是小小的木屋區。

目睹火災無知訴求

一天下午突然見到木屋區起火，焚燒起來。家人忙叫我一同觀看，帶着充滿好奇心的驚慌。只見災民大呼小叫，提攜哭號，倉皇逃到對街，而不少人都是托着棉胎而逃，那是當時最寶貴的家當。後來消防車到了，撲滅火災，街頭多了一批災民，在街頭露宿。一天我路過，見他們吃飯和我們不同。怪有趣的。回去跟母親說，要吃和他們一樣的。母親問他們吃什麼，我形容一下。誰知母親說：「哎喲！那是粥啊！沒有飯吃才吃粥，正傻仔！」

原來是粥，長大後我還是愛吃粥！

拐騙小孩的日子

有一天，母親突然鄭重地向我說：「現在街上有很多外江佬，會拐騙小孩子，你要小心，不要和不認識的人說話。」當時，這樣的話月中說了三四遍。小孩子不懂事，也不太清楚母親何以這樣說。

其實當時真有拐子佬的，是許多年後才證實的事。當年，鄰家的五六歲孩子愛在真光戲院逛，看硬照。有個中年漢見他活潑，對他說：「你愛看電影，我可以帶你進去。」孩子跟了他進戲院，孩子的哥哥回家對母親說弟弟去看戲，不回家了。那母親卻大為恐慌，連忙丟下家務到戲院找孩子。結果要花錢買票才獲准進場，幸好戲院內人數不多，不一會便找到孩子回家，如釋重負。

原來一九四九年後國內有人溜到香港謀生，孩子未能出來，便托人把港孩帶到內地，丟在內地，讓孩子自生自滅，轉帶在內地的親子到香港。當時沒有身分證，辦法是可行的。把孩子偷龍轉鳳的情況，是許多許多年後朋友告訴我的，當年大家以為騙子不過是無聊的閒漢而已，只有身為母親的心，才會想得周全，無微不至。

滿街餓莩見之戚然

那時有親戚住在上環普仁街，便在現今東華醫院對面。母親拖着我的手去探望他們，那區有不少停放棺材的店鋪，我總有點害怕。但街上更奇怪，每次總是見到坐滿七八成衣衫不整，橫七豎八的人。他們穿着殯儀樂隊的制服，看來殘舊骯髒，臉有菜色目無表情地或倚或臥在街頭，大多默默無言。使人見到感覺極不舒服，多見了，又令人感到難過。我問母親為什麼這些人會聚在那兒？母親說東華醫院會派飯給他們吃。後來我也明白他們權充儀仗隊的樂手謀生，許多人根本不懂弄樂器的。但藉此機會謀生，無工作便躺在那兒度日，十分可憐。後來聽到一些成人說他們多是兵敗逃來香港的。

行乞者修養佳秩序井然

隨着一段較長的時間，都會有乞丐上門求乞，我們家在三樓，也有乞丐摸上門來，在大門前自顧自唱，有些唱南音，有些唱「龍舟」，一唱一個小時有多。唱「龍舟」的是手中拿着龍舟扙，好像龍頭和船棹會動，配合着節奏。音調依依牙牙，高低音差不多，我倒鑾愛聽。家人給他們一角或五分錢，他們都會稱謝滿意離去。

漸漸，也感到街上有別於昔日，是街頭的乞丐多了。吃飯的時間，街上每家店鋪門口差不多都有乞丐站立求食。有些鋪子還排隊站上三數人，默不作聲，秩序井然。店子的人吃完飯，便把飯菜殘羹倒到他們的碗砵上，他們都會鞠躬稱謝。也是差不多這時期，開始發覺有人晚上在街上露宿，衣衫襤褸，怪可憐的，有時大騎樓底會躺睡着三五人，這景象使我幼小的心靈感到家中挺温暖可愛。

童年小露台

是五十年代吧？我家有個小露台，向着薄扶林道。大概只有三呎來闊，三四呎高吧。母親恐防我們攀爬危險，找到街坊鐵匠打做高一點的欄河（欄柵），連曬衣設備。

露台添置欄河

後來長大一點，問母親花了多少錢，她好像說是五十五元，當時感到昂貴，但很欣賞她的心意。鐵匠在露台外壁打孔穿過鐵枝，但露台壁厚約半呎有多，打幾個洞，用手鑿，打得很辛苦。打了一整天，把洞打好便收工，沒有再做工程。工人走了，我剛夠高從洞口看到街上的世界，很高興，很雀躍，忙告訴母親。她笑笑，卻千囑萬叮叫我不要攀爬。後來工程完了，洞口填補了，眼睛卻可以平視露台望出街外，喜不自勝，也趕忙告訴母親。

她也是笑笑，隨口說：「你長高了！」

觀看名人上山儀仗

我們家居三樓，面對大街，小露台為家人帶來許多樂趣。一家人兄弟吃完晚飯，愛齊齊一起取來小櫈、跪上小櫈倚着露台看街景，閒話家常。有時賭賽汽車往上走多還是往下走的多，看誰有眼光。更喜歡的是遇上往薄扶林永別亭出殯的儀仗隊，趕忙跑來一起倚欄觀看，可說從不錯過。有一次出殯的儀仗隊有着數不清長長的樂隊，穿着不同鮮明制服，手持中西樂器一隊隊吹奏，煞是好看。還有多人抬着一個長長的擔架，足足有三四間鋪位長，上蓋紅色長布帳，不知是什麼。後來是一堆一堆的送殯人群，閒閒蕩蕩，直上薄扶林永別亭。這送殯陣容走了差不多一小時才走完，是見到最堂皇的一次送殯行列，後來聽說是上海聞人杜月笙的送殯行列，陣容之盛，可說無出其右。

在露台學口琴賞豪雨

小露台帶來不少珍貴的童年記憶。當時壓路車少見，聽到隆隆的路過聲，都呼引屋中小孩觀看，算是大開眼界的珍貴機會，樂此不疲。大哥許多時候都叫小兄弟飯後在小小的露台閒話，說東說西。一次他說手中的石筆可以在石版上寫出紅色、藍色、綠色來，我們都不信。他終於動筆了，在石版寫上紅色藍色綠色六個字來，我們都啞口無言，佩服大哥的聰明。五弟比我聰明，他懂得吹口琴，便叫他教我，我便是在露台跟他學的。學懂後，多時在露台練習。免騷擾他人。現在許多人還不知道我懂得吹口琴的。有了露台，把門關好便自成一角，我愛獨在露台看晚霞，原來天天不同。更愛在露台看下雨，大雨淋漓，靜靜的街上空無一人，豆大的雨衝到地面，反彈像一株株禾秧，配着特別清新的空氣和沙沙的雨聲，很美，很有詩意，這些情景從第一次見到便令我陶醉。

小販沿街叫賣的日子

我們也愛在露台上看小販賣飛機欖，小販沿街叫賣，可以徒手把欖子擲到三四樓，很準確，極少失手。買欖者把零錢從露台抛下，無需往返走動，便完成一宗交易。當時夏天也有布販沿街叫賣綢布。布販一人托着幾疋綢布，一人拿着扇子擋太陽和扇風，沿街大叫：「賣綢嚟！賣綢嚟！」聲調像唱歌。每次聽到叫賣，便知道夏天來了。我問母親為什麼冬天他們不來，母親說冬天的布太重了。不知她說得對不對。現在仍是懷念當日的叫賣聲，當日的叫賣聲中，不知道為什麼，總是給人一種悠閒、可愛的感覺。

還有二次大戰後初期，謀生不易，有些人入夜後沿街叫賣麵包。午夜叫賣都是一般人應入睡的時間，「波蘿飽！……新鮮麵飽！」聲調總是低沉拖長，現在還感到那種蒼涼沉重

小露台

的聲調。姊姊問准父親，便從露台叫他們上來。打開方形大鐵（銻）盒的蓋子，見到熱騰騰的麵飽，垂涎三尺，睡意全消。買兩三個全家一起吃，滋味無窮，心中充滿感謝，究竟當時可以吃的機會真不多！

人生第一次叛逆

可愛的小露台還有我人生第一次的叛逆。父母都嚴囑不准玩火，不准劃火柴。我卻找到機會獨自一人在露台擦火柴。左手拿着盒子，右手拿着火柴，鼓起無比勇氣，「喀」的一聲，閃出火光，一陣驚喜，一陣害怕。原來還發出一陣焦臭味，立時驚恐起來，想到母親會知自己玩火，難逃罪證，擔憂了一會，沒人發覺心情才穩定下來，從此再不玩火。

童年，總有叛逆的時候，而家中的小露台，映我照一生可愛絢麗的色彩！

貧乏而富足的童年

記得還是五六歲的時候，一家大小最愛父親帶我們看「火船」。飯後轉上般含道，經過余東璇堡壘式別墅到高街交匯處，那裏有張石椅，椅背髹上廣告的。我們坐在石椅上，下望是黑暗小山崗的草叢，遠眺是暗沉沉的大海，海上卻反映着當時罕見絢麗霓虹光管的彩影，也見到帶着燈光的渡輪在緩緩移動。父親就是最愛夏夜站在那裏迎風眺望，我亦愛靜聽夜籟四周唧唧的蟲鳴。之後，同到安樂園餐廳吃雪糕，這是當時最愜意的享受。

街頭玩耍　相約明天

童年時物質匱乏，很少有新衣，能夠吃多點便心滿意足，所以特別喜歡過新年和度中秋，因為可以得到較豐足的衣食。那時鄰里大都是貧窮人家，兒童多在街頭打滾長大。父母都叫孩子循規蹈矩，但卻鮮有嚴厲的管教，幸而多懂得自律，不敢猖狂。街頭是我們的遊樂場，最常玩的是一群小子赤了上身，在真光戲院一帶玩兵賊遊戲，在大街小巷追逐個不亦樂乎。因為當時汽車少，不擔心車禍。炊煙四起的時候，只要母親在吊橋露台大喊，我們便會立即結束遊戲，各自歸家，相約明天再玩。

我們很容易在街上結識年紀相若的朋友，碰兩次面，閒聊搭上兩句便成玩友。大家喜歡上山玩，當時潮商中學是一片小崗，最愛在那裏打野戰，又聯群結隊上砲台山的廢堡，或者在山澗玩蝌蚪。也捉金絲貓，看牠們廝拼，誰擁有長勝的金絲貓誰便是英雄。有一個時期流行養蠶蟲，看牠們一天天長大變化，其趣無窮。我也曾隨一些較年長的小友摘「番鬼佬葡萄」吃，在他們誘導下啜大紅花的花液，吃秋海棠的花冠，表現和他們一樣的勇氣和瀟灑。

童年玩樂　有益身心

玩耍佔了童年的大部分時間，因為最初的幾年小學我只是讀兩小時課的特別班，所以有許多時候交朋友和玩耍。我們也有集體遊戲，便是拍公仔紙和打波子、玩迫逼豆槍、摺碼子射人、放風箏等等。我們也極喜歡星期天到聖類斯慶禮院，在那裏聽耶穌和先知的故事。其餘時間可以利用場地踢足球、打籃球和打康樂棋，也可以玩乒乓球。神父和修士與我們

般含道余東璇堡壘式別墅（已拆卸）

玩成一片，他們既權威又親切，亦師亦友，他們要求我們不打架、不說粗話，大家都辦到。這種摯誠的相處，直接影響我日後與人交往的態度。

當日較文靜的娛樂是聽收音機，最初聽劉惠瓊講故事，稍為長大即追聽葉慈航的薛仁貴征東和精忠岳傳。我還愛看連環圖，在街頭小檔租書。因為怕母親買餸菜見到，總是躲到福壽里的一條樓梯頂看，有人上落時便挪身相就一下，真是其樂無窮。

我們成長的年代是貧乏而富足的，真令人懷念！

香港戰後義學教育

我大約是一九五一年入學，讀一年級，沒有讀幼稚園。一兩年前姐姐帶我到半山列提頓道聖士提反校舍報讀小學（即聖公會聖彼得小學前身），心情十分興奮，但老師說我年紀太小，又沒有讀幼稚園，叫我明年再來。我自懂事便很喜歡上學，大哥和二哥在聖類斯讀書，常常閒話說及校中瑣事，非常吸引我。有一天，母親買了一串蔥、一枝毛筆、一本「上大人」的紅字簿回來，連着紅壽包，插上香燭，向當天拜孔子，說給我開學。我恭恭敬敬地向當天鞠躬遙拜，母親口中喃喃說了一些吉利的話。我不知她說什麼，吃完紅包，以為可以跟隨哥哥上學了，誰知還是留在家裏，真是掃興。

初入黌宮　特別下午班

終於可以上學了，是和玉明表姐一起由大哥帶到西邊街旁第三街的志強學校讀一年級。

表姐年紀較大，分配到第一街分校。我們讀的是「特別下午班」，四點到六點。班主任是一個肥肥的女老師，對我很和藹。叫我坐下用毛筆寫字，寫個「哥」字。我靜靜地寫，寫得一塌胡塗，靜靜的過了一天。第二天我獨個兒步行到學校，這次自己一人，感到從未有的孤單，一個人很淒涼，想哭，還沒有哭出來，已到校門，便鼓起勇氣入內。

志強學校其實是一層的一個大廳，用木板以丁字形間成三份。我在小課室，面對黑板，之上是孫中山先生的全身畫像，兩邊是對聯，寫着：「革命尚未成功，同志仍需努力」。奇怪好像第一眼已認識這幾個字，恐怕我未入學家人已教我認字之故，印象就是如此。後來要到廁所，老師問哪個同學可以帶我去。一個女同學舉手應允，帶我倚着牆邊走上小樓梯，原來上面通達救恩堂。第二天還未搖鈴上課，我要到廁所，便輕車熟路，自行解決。誰知，從廁所走出來，卻被幾個同學圍觀大笑，我不明所以，一問之下，原來我到女廁小便，好尷尬啊！

學校是木枱木椅，兩人共坐。地板是橙色磚地。當時有值日生，由年長同學輪任。他們除擦黑板外，還要掃地。是先灑水，後掃地。當時書本上也這樣教，學生這樣讀，今日學生很難明白這種情況。上課、下課、轉堂都是手搖銅鈴為號，由班長或老師指定年長同學負責。老師進入課室和離開課室，全班都要起立致敬，有規有矩。當時對老師，又尊敬、又害怕。

轉讀天主教義學　紮實古文根基

我在志強學校讀完四年級上學期，轉到聖安多尼堂義校，因為免費，可減輕家庭負擔。由五點到七點，也是兩小時的學校教育，多了一科聖經。但對我影響至大的是國文科，教材是《古文評註》，差不多十歲便接觸古典文學。當時有一位胡子秋老師，是校主任。很多學生都怕他，他教古文很慢，一學期只教完三五篇，教得通透明白。後來當我班主任，我矮小坐前排，天天望着他聽書，不怕他了。後來杜慶杞老師教古文，也教得很好。兩位老師是聖類斯中學教師，教義校是兼職，他們古文根基好，令我一生受惠。

當日七時下課，冬天路上寒風凜冽，步行回到家中已燈光昏暗。家人早吃晚飯，母親給我留菜留飯，熱騰騰的白飯旁總見母親喜孜孜瞧着我吃飯，一碗將吃完便急不及待為我添飯，她說：「吃啦！吃啦！我喜歡看你吃飯，吃多點，吃多點！」當時奇怪為什麼喜歡看我吃飯，長大了才明白，這是無言的母愛！

三讀義學　童膳會派飯

五十年代我還讀第二次義學。是八九歲吧？我和街坊小友周日到高街救恩堂聽道理，記得背誦金句比賽我還得第二，獎品相架寫上「口誦心唯」四個字，不知是什麼意思。主日學的姜姑娘知道我和弟弟沒有英文讀，介紹我們到普慶坊社會福利署屬下中心讀英文，校址後來建成梁文燕小學。原來那裏每天只讀一堂英文，供應午膳。下課後便和二三十個同學一起排隊領取午膳，菜式簡單，但感到新奇有趣。原來是救濟街童的機構，後來知道好像是童膳會辦的。那個年代，街上不少人日得一飽並不容易，能飽餐都感恩，那想到今日社會的奢靡？讀了月餘便停學了，既不好礙了人家的名額，也因離家太遠。

當年第三街近薄扶林道有一間鋪位，被教會租用傳基督教。周日有牧師講道，我興趣不大。有一天五弟興翔對我說那裏的義學招生，一二年級，兩點至四點，只讀一三五。他的好朋友入學了，和他們一起很好玩，叫我加入。當時我已讀五年級，也想和這些街童玩，學校又竟收容我，我帶着玩樂心情，同時讀兩間義學。

那裏只有一班，都是年齡相差三五年的失學街童，且多是兄弟姊妹。入學後我便成大哥哥，一起讀書一起玩，也照顧小朋友。老師很喜歡我們兩兄弟。原來當時有一位王先生，獨力出資辦這小小的義學，只僱用老師一人。每逢周三茶點日，由校方供應茶點，一個麵包一杯牛奶，對街童而言簡直稀有而珍貴。吃茶點時由同學輪流講故事。當時我較年長，成了主力。王先生間中來參觀，老師也沒有介紹他，想來是他囑咐不要打擾我們。孩子們

第三街志強中學為作者讀一年級啟蒙學校（拆卸）。

都傻傻地好奇望着架眼鏡的他，他的臉上卻散發出愉悅滿足的光采！

想不到五十年代西營盤有許多學校。名校有般含道的英皇，聖保羅書院，聖士提反女校，聖類斯中學等至今仍在。第三街還有明英中學，水街培元學校，近水街一帶有國民學校、止德學校，酒樓工會小學、創興書院。高街一帶有威靈頓書院、救恩中學、笏臣學校、陶淑中學、志仁書院、東莞義校。尚有西南中學，少周學校，伯南書院。較後有聖彼得小學、李陞小學、潮商中學。西環有八達中學、鐘聲中學。難以想像當年西區儼然教育重鎮。

童年樂與小學會考

筆者童年在港島西營盤長大，弟弟認識一位翁同學，叫我們星期天一起到高街救恩堂參加主日學，聽耶穌的道理。我們感到十分有趣，從不缺席，都渴望周日的來臨。星期天特早起床到教堂，先是崇拜唱聖詩，再分班聽聖經故事。主日學老師要我們背誦聖經的金句，樂而為之。不意我在周年背誦金句比賽中，竟然得了亞軍。獎品是一幀相架，寫上「口誦心唯」四個大字，當時不明白是什麼意思。還有一個夜光的聖母像，那時大約十歲，初獲獎品，珍如拱璧，可惜後來都丟失了。

小學時代　宗教薰陶

過了年餘，翁同學又引介我們到「慶禮院」，說那裏更好玩。原來慶禮院也是聽耶穌的道理，在西營盤聖類斯中學校舍內。那是天主教，說的和教恩堂的基督教大同小異，聖經故事偏於舊約，創世記便是第一次聽到，大開眼界。我們於是兼收並蓄，上午基督教、下午天主教，反正都是信耶穌，相差不大。

慶禮院的活動，比主日學豐富得多。上課前是多種玩意遊戲，可以打康樂棋，可以踢足球、玩乒乓波，踏滑輪雪屐，各適其適。還可以玩擲飛鏢，獎品是意大利寄來的郵票。和我們一起玩與向我們說聖經故事的，是聖類斯校內的修士和神父，大家亦師亦友，親切融和，極得我們的愛戴。

在慶禮院認識不少街童朋友，後來各散東西，很少重遇。到慶禮院還有意外的收穫，不久收到長方型的食物盒，聽說是二次大戰後剩餘的物資，借教會之手派發給市民。後來改派奶粉，每周每人一罐。有些人把派來的奶粉賣給街坊換取小小的零用錢。當時流行口語「信耶穌，得奶粉」。同年紀的人，都不會忘記這句話，那是時代的印記。也許，當時好些街童，便是從這些贈品中才獲得較好的營養。那是香港的窮年代，街頭街尾只有一兩具電話，能添置電話的人家，我們都視之為富人了。

令人崇敬的教育工作者

我的小學六年小學都是上課兩小時的特別班。因為從沒有上過英文課，畢業後大哥便安排我到水街培元學校重讀五年級，有英文科，全日上課，學費每月十二元，頗添家中負擔。

當時國文科麥實甫老師七十多歲，學問深湛，一手顏體書法穩重堂皇而有氣勢。校長唐穎波是位勤懇而嚴厲的教育家，雖然沒有直接堂課教學，卻愛突然抽查學生的成績。一次同學不能順利背誦古文課文，六七個同學一排罰站，背誦完才准回家吃午飯，他也不吃午飯陪着同學。另一次突然抽查我們的數學簿，說我們的阿拉伯字寫得不好，全班罰寫，我很幸運只罰寫兩版5字。學生對他總是又怕又敬，唐校長對學生的關愛之切，多年來縈繞心中。今日嚴師難遇，典型在昔，令人倍加懷念。

我讀了一個學期全日班小學，下學期考上剛新辦的「荷李活道官立小學」下午班，學費五元，每天要步行三四十分鐘上學。該校（現為聖公會基恩小學）校舍寬敞美觀，光猛通爽，有廿四個課室，地下有兩個操場，天台也有操場。有以前從未有的美術、音樂、體育課，開始接受完備先進的學校教育，一年之後便要參加小學會考。

小學會考決定命運

當年小學會考是人生大事，主要是考入設備完善的官立、津貼中學。這些學校除了師資和設備較優外，學費比較便宜。考試落空便要讀私校中學，學費幾近三倍，許多學生拿不出學費便沒有書讀，要到社會做低薪勞力工作。當時，能讀中學是幸福的一群。我第一次在義學畢業的同學多是街坊，五六年後所遇所見，只有我和另一位同學能讀至中學畢業。曾遇到小學同窗班長，在水街街頭做地攤小販叫賣，他見到我有點不好意思，我打個招呼便匆匆路過。今日免費教育下的學生，難以想像前輩的辛酸和如何珍惜求學。

小學會考重要之處是決定一生的前途，因為只准考一次，使人生成敗得失際遇迴異。每每觸動全港家庭、家長、教師的神經。其實未會考之先，是競爭參考資格，當年私校一般只能保送一二位同學參考，津校則保送十餘人，官立學校則全部學生可以參加。

當年小學會考要考四天，考中文、英文、算術和常識。聽說常識科不計分，不知是真是假。但我們備考挺認真，常識科硬背大部分國家首都名稱，全港十多條巴士路線等等資料。總之沒有範圍，各校各施各法。中英算也不知範圍，老師說就是日常課程內容，我和許多相稔的同學索性不作特別的準備。踏入六年級時每星期中英數各有四五次測驗，測驗後全部內容都要做更正。測驗不懂的，改正後全部都懂了，記得正確的答案了，相信這個時期吸收了大量基礎知識。

同學是中學會考狀元

會考放榜我如願以償，入讀當時唯一的官立中文中學。記得小學全級兩班九十人，二十六人獲學位，其中女生只有四人。但平日考試前十名多是女生包辦，校外試卻相反，老師說校外試男生成績一般較佳。同學張錫憲考入英皇中學，五年後在英文中會考中全港第一，為是屆狀元。後當耳鼻喉專科醫生，不幸沙士一役感染過身。

中學時代對人生的影響很大，個人的潛才和性格的鑄造都在中學時代，以個人經驗，成長期的中學比大學還重要。

高街救恩堂，依然故我。

少年十五二十時

現在的香港是國際大都會，被譽為活力之都。但在半個世紀前，香港還是個矇朧渴睡未醒的小子。筆者便是在這個時期長大，認識社會，踏進社會，和整個香港社會一起成長。

鍾情戲劇　成績墮後

十六七歲是心理和生理大變的時代，像小雛睜開眼睛看到世界。我在踏進中學第二年便開始活躍，除了學校生活，還有社交生活。中三那一年學校突然舉辦級際戲劇比賽，我是班長，負責參與籌措比賽，找劇本，選演員，籌備幕後工作。後來自己還當上演員，上舞台，醉心於排演。結果未能奪得演員獎，成績卻一落千丈。痛定思痛，再不想當演員，改為個人閉門用心寫作的編劇，這是後話。

香港開始富裕了，把當時西區的贊育醫院舊址，改成青年中心。政府開始注意青少年活動和福利。當年全港只在荃灣和西區設青年中心。中心有圖書館，為當時罕有。我走去看課外書之餘，見到中心戲劇組招收組員，便跑去報名加入。戲劇組由年青導師帶領，有講座談及各種戲劇知識，亦籌備演出。剛好對我籌備校內戲劇比賽大有幫助。

在戲劇組認識許多朋友，多是西區學校的中學生，如英皇中學、救恩中學等，還有一群摩星嶺女校的同學，青春貌美的女學生充滿活力生氣，積極好動，把戲劇組弄得熱火朝天。除了戲劇活動，還有組織旅行營火，當時算得先進。後來適逢暑假，更發起暑期義務街坊補習班，按年級分班，由我們這群中學生作義務老師。這時和校外青年交朋友，培養我善與人和，樂於交友的性格，對後來踏入社會，影響良多。在戲劇組混了年餘，因讀書成績下落，再不敢參與這些課外活動，發覺冷眼在旁的母親，好像舒了一口大氣。

學校課外活動　多姿多采

回說中學生活，其實也多姿多采。少年十五二十時，這六年中學光陰，鑄造了個人的性格。校中的讀書生活，只是循序漸進，影響更大的，是學校的課外活動。

少年時精力過剩，但在運動場上，足球和籃球於我無緣。中學中一，乒乓球分組賽，小組奪冠，以最佳成績出線，結果取得全校單打季軍，同學都替我高興，自此全心全意投入這項運動，成了學校的校際選手。其實，當年無人指導和訓練，所謂球技，現在看來卻極可笑。

當日學校每年都舉辦書法比賽一次。這天老師上課不用教書，大家整天寫書法。把最滿意一幀交出來比賽。書法比賽分大楷和小楷，高中組和初中組。書體自由，真、草、隸、篆，可各自選取，作品內容和字數亦沒有規限，有人臨名家碑貼，有人隨意揮灑。得獎作品張貼出來，琳瑯滿目，同學都喜歡批評觀賞。當時許多同學都不明白，不同書體何以評優劣，但都信服評判老師的眼光，少有異議。

書法演講　樂於參與

後來自己略懂書法之道，知道無論是什麼書體，以功力而論，確可以分辨高下。許多年後，重回母校，目睹書法比賽的作品，貧寒孤寡之極，原來全部都是寫「梅蘭菊竹」，或「仁義禮智」等幾個規範字，手法平庸，面目呆滯。不鼓勵學生臨摹古人名本，書法的格調便低俗得多了。書法其實是中國的抽象畫，可以看到許多藝術境界，有清剛、雄健、渾厚、雍容，肅穆、瀟灑、魯拙，淡雅等等意境趣味。若只是方方整整，或故作矯捷筆走龍蛇，全無靈氣，志在欺人而已。

中學還有參加演講比賽。班際演講比賽同學選舉一位在戲劇比賽出色的演員作代表，他對我說不懂說什麼，希望我替他寫演講詞。既屬好友，樂於從命，結果他得了冠軍。翌

參與戲劇，登台演出。

年同學選我作代表，我寫好講詞站到台上，說了兩分鐘，竟然聽到擴音器的迴響，一分神，說不出話來，呆站台上，尷尬之極，此情此景，羞愧難以形容難忘。第二年，那位同學再找我寫講詞，結果再獲冠軍。想不到許多年後，寫演講詞竟是我謀生技能之一，世事寧有先兆耶？

報歸章刊出畢業名單　一夜榮辱

要中學畢業了，遭逢人生大事。當年中學會考後，全香港報章都會全版刊出畢業者的名單，還會刊出取得優異、良好和及格的科目。報紙一刊登，全港親戚朋友讀報都知道。去應徵職位，該機構只要拿出當年報章，便知你的會考成績。相比之下，當年要中學畢業，比現在大學畢業艱難得多，有些不及格考生曾因而自殺。不久，這項殘忍的習例被廢除了，又增加自修生報名再考的制度，得失之別便再沒有那麼明顯，社會明顯進步了。

回顧當年青蔥的日子，絕大多是快樂無憂的，只有第一次乒乓球比賽輸給對手，整天悶悶不樂，若有所失。可是入睡後，什麼煩惱也消失了，醒來又一新天，這便是年輕的好處！

六十年代羅師寄宿生活

筆者六十年代中畢業，那年隨大夥兒報考師範（半年後易名教育學院），當時有三間教育學院，論年資最具歷史的是港島的羅富國教育學院、隨之是九龍的葛量洪教育學院和柏立基教育學院。羅富國有學生宿舍，對我有莫大吸引力。最後決定報考羅富國。

篩選師範生　頗為嚴格

考試好像四五月開始，先是筆試。男女考生分別應考。尚記得編是號402，全場都是男生，我坐到最後的座位應考。入讀時發覺男同學只有三十七人。開學時一年制全班學員只有一百零七人。當時校內尚有二年制及特別一年制學員。全校共四班。

筆試及格之後，隔了一段時間通知面試，當時十分緊張，被教導要扮老成應試，一定要穿整套西裝去面試。當時只有校服，哪裏來套西裝呢？最後由家人幫忙借了套西裝，還買了新皮鞋，才去面試。在不同房間，共見了三四個導師，以中英語問答，除一般問題，多問中學時曾參加什麼課外活動。我差不多參加了全校所有的課外活動，便對答如流。他們都很滿意，我也輕輕鬆鬆回家。會考放榜後，才收到九月入學通知。心中浮起一絲雀躍，一絲興奮，誰知父母比我更高興。

校舍新穎　遠離塵囂

宿舍在南區沙宣道，地點遠離塵囂，僻靜幽美。宿舍共三層，設計新穎，明潔漂亮。宿舍一間大房有四個床位，剛好和兩個中學同學同房，不愁隔閡。另一位同房是一板一眼的老湯，後來因為十一時關燈後我們還在床上高談闊論，他吃不消，一個月後私下和另一同學互易宿位。老湯很有性格，宗教狂熱，有些同學暗中作弄他，他知道後也不以為逆，忍功很好，此後大家再不視他為異端分子。

寄宿生活　性格各異

原來很少同學寄宿，同班男生寄宿的都住不滿四間房。我們來自不同學校、不同家庭，又年青好動，可談的話題特別多。下課後，許多時間都在各房遊走閒談。原來一起住宿生活，更能見到一個人的性格。其中一位宿友，輪廓清秀，寡於言笑，走路時胸膛挺得直直。他每次出現衣飾整齊光潔，把頭髮梳得貼貼服服，還愛穿白皮鞋，難得皮鞋每次都光潔如新。聽說是一些女同學心目中的白鞋王子。他的房間只住兩人，原來凌亂不堪，東西順手丟放。我問他為什麼不執拾一下，他說：「這樣更好，拿東西隨手可得。」難以說是金玉其外，性格如此，也許還是一種德性。

另一位中學同學，最愛見到同學帶小食回來，便叫人拿出來大家分享。一次，有人知道他買了月餅回來，呼朋引類到他房間閒聊，十分熱鬧，突然有人建議他把月餅拿來分享，他只好陪陪笑，啞口無言。有一位走讀的同學，好出風頭突出自己。一次不知道為什麼太累，走到宿舍借同學床位午睡，熟睡如豬，竟把口張開。頑皮同學知道了，找到一些鹽，一些胡椒粉，撒在他唇旁。不久他警覺到，大叫：「點解咁鹹既？」張眼見大群同學在旁大笑。他不怒反笑：「原來你地整蠱我！」他沒有翻臉，笑在一起。原來宿生有一種風氣，大家都不會計較得失，底線是一定尊重對方。

校園繁花喬木　互相輝映

教育學院，當日被視為婚姻介紹所。因六十年代男女中學生絕少親密交往，而學院不乏俊男美女，都在戀愛求偶年齡。同學中不少來自男校或女校，俗稱和尚校和師姑校，中學時極少和異性接觸，最初和異性同學相處，有急色失儀的，也有拘謹的，連交談都顯得不自然。但在旁觀者看來，無論男女，都在暗中找尋自己心儀的對方。知好色而慕少艾，人之常情。不過很奇怪，同學畢業後結婚的只有兩對。

特別教材　眼界大開

羅富國學院有一個課程很特別，是每周一堂，由導師主持，講述男女交往談戀愛。課堂乍看是無聊，但當時對剛步出中學的學生而言是需要的。因為當日社會風氣保守，課堂中聽到了不少人生際遇的故事，不無裨益。

宿舍地處偏僻，入夜後建築物外都是漆黑一片，晚上會感到無聊。高年級同學發起，晚飯後舉行便衣舞會，藉此交誼，也學習跳交際舞。夜間有辦柔道班，聘專人教導，兩者舉辦幾周便乏人參加。後來宿友混熟了，反而多次相約男女同學，晚飯後從域多利道步行到香港仔。夏日沿途野草氣味芳香，輕風拂臉，紅日斜照。遠山溶鑄在黃澄澄金光中，映得遠處海水蕩漾，如錦鱗片片，使人目清神爽。大夥兒踏歌而行，不飲如醉。到了香港仔，攀下石壆到漁艇上吃艇仔粥，個中風情，今日難再。往事如煙，但一切恍如昨日。

徹夜而談　互吐心曲

在一年宿舍生活中，有一晚是最難忘的。那天原是周六，許多人都匆匆回家了。我留在宿舍，到地下的洗衣房洗衣服。因為宿舍供應熱水洗衣，有晾曬地方。那天到瑪麗醫院員工餐廳吃完飯回宿舍。途中遇到兩個女同學，和我都是學生會成員，十分稔熟。因為學年快結束了，其中一人建議到客廳聊天，一起找留在宿舍的同學下來。

幾個男女在宿舍地下客廳侃侃而談，想不到興致甚高，竟是徹夜不眠。大家談前景、談願望、談戀愛、談人生。回想都是無聊的，但談得暢快，心境說不出的愉悅。只記得其中一個女同學說找丈夫一定要最小六呎高，實在令人吃驚。後來東方既白，一個女同學說：「我們女的弄早餐給你們男同學吃好嗎？」當然說好！中宵澄明，無憂無慮，盡吐心曲，人生難得幾回呢？是緣是福，都在靜悄悄中溜走了。

緣聚緣散　各奔前程

回說當年三十七個男同學，終身為教師不多。據知一人當了高級警官，一人做了消防官，再步步高升。幾個同學做了移民官，都晉身領導層。三個同學考入香港大學，各有事業。一個留學外國曾任商務專員，後來轉職。一個在政海浮沉。兩個移民外國。一個返回教育學院做導師，幾個同學當了校長。而筆者也做了逃兵，中年之後曾在電視台及報章工作，

沙宣道羅富國校舍。左為獨立圖書館。
正中為主樓，內禮堂。該建築群拆卸多年。

後轉入商界賣文，業餘寫作。女同學呢？想來都作歸家娘，享受着幸福的家庭生活吧！

人生逃不過際遇，回首前塵，我們都是幸福的一代！

珍惜我們的中學年代——

金文泰中學校慶開放日嘉賓致詞

校長，副校長，各位嘉賓、各位老師、各位同學：

今天、是母校金文泰中學校慶的開放日，本人能站在這裏和大家說幾句話，感到無限光榮，內心有說不盡的高興。在這裏，很多謝校方邀約，能和各位同學見面，使我重回闊別多年的母校，再次感受中學的時光。

本人於一九五八年九月入學，一九六四年八月畢業，距離我入學差不多六十年了。這六年的學校生活，我從無知的小子在金文泰成長為一個有志氣的青年，度過鑄造我個性、培養我基本學習態度和人生基本視野的六年。這六年、是充滿快樂和值得回憶的。我到社會做事，許多人都好奇問我在哪裏讀書，我說：金文泰。他們都說：哦！無怪了，金文泰！

母校，使我引以為榮。無論過往或現在，我都衷心感謝母校給我的培育，和許多老師對我的愛護和指引，這都是衷心之言。我當過學長和幾年班長，所以當年許多老師都認識我。中學時代，我的學業不是最出色的一群，但參加的課外活動特別多。無論書法比賽、演講比賽、圖畫比賽、戲劇比賽，還有校際音樂比賽、校際乒乓球隊，我也有參加。學校的開放日，當然更加努力。參與所有這些活動，只不當年過精力過剩，順其自然參與。但到踏入社會，各種參與的效果都散發出來，顯出潛伏性的報酬，是當時意想不到的。

其中較有趣的是因為參加戲劇比賽，對戲劇有興趣，竟然投考無線電視的編劇訓練班，作職業編劇一小段時候。在電視機構工作，使我眼界大開。我曾編寫《歡樂今宵》的劇本，參與編寫第三輯《上海灘》。後來，也寫了兩個舞台劇，其中一齣《最佳禮物》當年曾在藝術中心公演，並在學校巡迴演出百多次。另一齣公演的舞台劇《無名碑》，講述香港人在清末武裝推翻滿清的故事，因而熟讀百年前中國和香港的歷史，使我增長知識不少，對當時苦難的中國感受良深。現在，半退休了，還常常打乒乓球，有益健康，保持活力。這一切一切，都是在金文泰求學時播下的種子。這次和大家見面的機會，不是想和各位說自己奇怪的經歷，而是強調中學時代對我們一生的重要，是值得我們珍惜中學時代的每一天。

今天，是學校的開放日，是大家展示才華的機會。我鼓勵大家珍惜這種機會，並非光是藉此表現自己才藝過人，而是培養自己對才能、各方面學問修養的興趣。使到做事全力以赴，有充分準備、有精益求精的精神。培養自己有一種追求高雅品味的個性。讀書當然重要，但缺乏了精益求精的精神，高雅品味的追求，當踏入社會之後，只是追求金錢、名位、權勢之外，你會感到——空虛。

我認識一些朋友，有財經專家，有專業的工程師，他們退休後，都感到十分空虛。這些朋友離開了他的工作崗位，所有的學識和技能都沒有用武之地，自嘲是廢人一個。因為他們對文學、藝術、學問都沒有興趣、沒有追求。有錢、有時間，但倍感空虛苦悶。我自己卻仍愛打乒乓球、練習書法，繪畫、看畫展、看話劇、當然還繼續閱讀與寫作，生活還算充實。這些秉性，都是中學時代培養出來的。這些經驗，對你們現在來說，相信也不會太早。

我喜愛劉偉之老師的書法，中三那一年請他送些墨寶給我。他寫了句《論語》給我：「入則孝，出則弟，謹而信，泛愛眾而親仁。」我拿來作我待人處事的座右銘，使我踏足社會表現出親和力，帶來不少幫助。今天拿來和各位分享。

校際乒乓球隊。前排右一為作者。

在踏入金文泰之前，小學畢業，紀念冊同學寫下兩句很有意義的話：枯木逢春猶再發，人無再度兩少年。所以，大家要珍惜你們的中學時代！珍惜學校生活的日子！

謝謝各位！

二〇一七年

無償傳藝的書法大師

記得我冒着微風細雨，口袋只有母親給我的兩角錢來回船費，步行到深水埗碼頭乘坐渡輪。上船後我到小輪的頂層，坐在後排只有欄柵的船尾。那兒海風較勁較爽，望着船旁濺起沙沙作響的白浪花，有種暢傲逍遙的感覺。

愉快的尋師學藝

我當時只是個十三四歲的大孩子，極少獨自坐船到九龍半島。還記得當時輕風拂臉，微雨沾衣，反而感到有一種超然脫俗的感受。心中帶着虔敬的熱望，去拜會我的書法老師。到岸後，見到方富展同學早在碼頭相候，他帶我到大南街，走進南英（附小）中學。

方富展是我的學弟，比我低一級。那時校中舉辦每年一度書法比賽，我的大楷入選優異作品，初一的新生方富展也入選。我奇怪他何以書法上有這樣的功力，問他所以然。他說：小學時有書法老師教寫字。我小學已臨王羲之的《黃庭經》，頗有小成，大字總是寫不好，聽後十分羨慕。他說，我現在功課忙，不學了。老師教寫字，不收費的。我說：我可以跟他學嗎？他說：好，待我問問他。過了兩星期，他便帶我見老師。

進入課室，見到四十人的課室差不多擠滿人，原來剛開新班。方富展向老師介紹我後有事先走了。我打量一下老師，感到他雖然穿上西裝，但灰暗陳舊，而臉目寒傖，說話也不響亮，和我校中老師大有分別。他囑我和該校學生一般安坐，便介紹我們如何選購紙筆墨。

教導嚴謹　始料不及

他首先要求我們選用筆鋒兩吋長名「大鵝」的羊毛筆，要把筆鋒開盡，不能留有筆膽。用玉扣紙裁作長幅練字。墨選用三吋見方的大墨盒。手腕要平放近一百八十度蘸墨，每一次下筆前都要把筆鋒弄到垂直，光是這樣，蘸墨便花上許多時間。他更注重坐姿，腰身挺直，手正身正，紙張也放得平正。每寫一個字，坐姿不動，而是把紙張上下移動。他要我們懸空手腕，吊筆寫字，最初只練筆劃。但十五分鐘已叫苦連天，手腕不斷顫抖。寫出來的筆劃卻像蟲兒般彎彎曲曲，真教人氣餒。天啊！像練武功一樣，原來要凝氣屏息，大氣也不能噓一下。而老師卻遊走眾學員間，逐一輕聲指正，大家都全神貫注。

正襟練勁　脫學者眾

後來我才知道他名叫羅秉威老師。他說練字有幾個階段，最初練篆書，隨之是楷書，隸書、行書，最後是草書。練字都是垂腕吊筆，我們用透明膠紙摹印他的書法。因為最初都是摹印篆書，所以不用留心字形結構，純粹練筆力，原來是練內功。我潛心苦練，在家也每日一篇，練了半年多，吊筆寫篆已不會手震，筆力堅實，他准我學楷書了。我滿心歡喜，要學褚遂良的倪寬贊，卻被他拒絕。他說：楷書的基礎只有顏真卿。我說不喜歡顏體，太板滯。他想想，然後說，那我教你歐陽詢吧。也是摹印他的楷書，我心想，看來也只是顏體的變體。於是我的家課有兩種，印他的顏體，私下臨歐陽詢的《九成宮醴泉銘》。

半年下來，我風雨不改上課，而學生跑了一半，可以寫楷書的只有三數人。過了二三個月，他對我說，你學習勤力認真，已上軌道，不用再來了。你可以間中把家課寄來，讓我批評一下。原來，當日三四十人學習，最後剩下我一個，弄得他意興闌珊。

學有傳承　法度儼然

羅師語態溫文，但要求嚴謹，法度儼然，絕不姑息苟且。過了好一段日子，我才體會他的失落和失望。羅師是個私校教員，當日待遇微薄，環境欠佳。還是每年、每個星期六

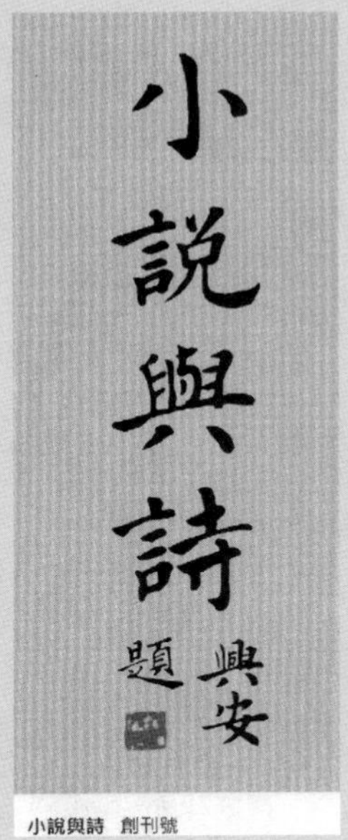

作者為文化刊物題字。

回校無償的把自己所學傳給下一代，可惜竟連一年也不能維持下來。當年自己是個不懂事的窮孩子，對他沒有一點回報之意，而他卻給我一生受用的德惠，至今仍思之有愧。後來我到社會做事，一次想到回去探訪他，誰知來到校門前，學校結業，人去樓空！計算一下日子，他可能已作古了！

記得閒談時羅師說學隸書最好從《曹全碑》入手，我中學畢業後便臨《曹全碑》，又隔許多年臨摹楷書倪寬贊，才明白多年前羅師不教倪寬贊的原因，原來此帖柔中帶着剛勁，要有隸書運筆基礎，否則事倍功半。對羅師的詣造眼光，更衷心佩服。

羅秉威老師學有所長，無償地扶掖後學，志尚高雅。但恐怕一生都是過着窮困的日子，香港便是有這樣默默無聞的人物！

在《明報》輕快的日子

能到《明報》任職，是我的榮幸，也可以說是一種緣分。此中緣由從何說起呢？該是讀金庸小說開始。

前緣

八十年代初離開電視編劇崗位後，創作力仍旺盛，計劃寫小說。為了打好基礎，要分析好小說作準備，於是拿最喜愛、最嫻熟的金庸小說來分析。花了半年公餘時間，寫就《金庸筆下世界》十章，還有腹稿十章未動筆。恰好當時創辦的「博益」出版社徵稿，在好友勸說下，周一郵寄投稿，周二便由當時「博益」負責人施祖賢先生致電約見，他說徹夜讀完我的文章，決定替我出版。真是喜出望外。《金庸筆下世界》不久出版，我郵寄一冊給金庸，可惜未見回音。

約半年後，當時台灣最大的出版社遠景出版社社長沈登恩到香港找我，希望我寫續篇。因尚有腹稿未寫，便一口答應下來，誰知過了年半仍未著一字，沈兄表現焦急，於是不斷送贈旗下出版的論金著專集給我讀。我也問心有愧，終於拋開雜務，於三年後寫成續篇。事有湊巧，我到書局買豹毛筆練習書法，巧遇金庸伉儷也在逛書局。想到何不把新作寄給金庸，請求在《明報》逐日刊出？於是選了兩章寄出，並說自己正修讀碩士。約過了一周，竟然接到金庸親自來電，他說要聘請秘書，問我有沒有意當任？這是天大喜訊，簡直是奇迹，當即訂約會面。

與當世大文豪見面，難掩內心興奮和忐忑不安，想不到談話的氣氛很好，後來金庸主動說出薪酬，寫在一張紙上給我看，問我是否同意。我輕鬆地看了一眼，微笑點頭表示同意。能追隨金庸工作是一種榮幸，還能計較薪酬嗎？其實，恐怕至今他仍不知道，這比我上次領薪的數字低了不少。但機構性質不同，也不能比較。金庸問我什麼時候可以上班？我說十五號吧？金庸問我是否忙，我說沒事，方便算薪金嘛。他說：「下星期一吧！」我立即同意。那天是一九八八年八月八日，我成了《明報》的一分子。

與同事融和相處愉快

當時我的職位是「社長室行政秘書」，與公司各部門類似輻射關係，每個部門都會聯繫，但亦非恆常接觸。初期老闆叫我和社長室新同事到各部門了解一下，大家對我們都很客氣，遇到一些知名已久的文化人，我們都表示仰慕，其中對名記者陳非和紫微楊印象最深刻。原來此前我好些刊於《明報》三千字特稿都是紫微楊選用的，我乘機道謝。陳非則向我們說了一些報界的掌故，非常動聽。

和《明報》同事共事，多是融洽和暢順愉快的，有些交情維繫至今，不過暗湧還是存在。某部門的頭頭，辦公室和寫字枱亂作一團，知道是社長室來的人則有點誠惶誠恐，好像見到御林軍。聽說此人對別人不賣賬，對下屬妄自尊大。這些聽到而難以碰到，亦恐怕是流言。好像我辭職不久，此人亦離職，在文化界消失。

磨練書信　習以致用

社長室的工作較有彈性。但我恆常的工作是要寫覆函，我撰稿再由社長修繕，滿意後才發出。初期金庸拿着我的信稿對我說：「語氣要謙虛些。」只因我認為金庸是成功人物，語氣便寫得堂皇冠冕，以為得體，原來還是要謙虛些。後來金庸又走來囑咐我：「字體要寫小些，」我隨即問原因，他說字體大，好像出告示給人家，這樣不好。隨即又說，一封信最好一張紙說完，這是他給我最初的指示。

由於當日經驗淺，學養不足。最初撰寫回函時都有欠得當之處，金庸便替我改稿，有時在旁還註明怎樣錯了，該寫什麼。我看到改稿，既汗顏慚愧，又感激，會整日惶恐不安，對自己深責，感到不能勝任。後來要求自己首先不能犯重複錯誤，再找離我日久的尺牘涉獵多讀。漸漸金庸改得少了，後期我感到寫得未必好，但他再沒有修改我的文字了。甚而在一些初稿上附夾寥寥數字「寫得很好。」，這便使我開心幾天。我衷心感謝金庸對我的包容，更感謝他對我的點撥，終身不忘。

當時國內開始接納金庸小說，引致許多讀者來信好奇詢問或表示意見，月中數量不少。記得我在職期間這類提問我都答得的當，記憶中金庸看後都沒有修改，都由他親署後寄出。

籌備報慶與社論專集

入職《明報》翌年剛好是《明報》三十周年報慶，籌備報慶不免一番工作，慶祝三十周年的標誌便是我設計的。此外籌備大型聚餐慶祝，最有意義的是本報友報的作家將聚首一堂，當為本港文化界的盛事，我亦期望見到許多心儀作家的風采。結果一番忙碌後，報慶當天暴風襲港，取消聚餐，真是大煞風景。

此外，我受命編彙《明報社論專集》為慶祝報慶項目之一，無前題囿限。我想到《詩經》

三百篇恆久傳誦，《明報》三十年便來三個社論三百篇，共九百篇。第一輯內容有關香港，第二輯內容關於中國，第三輯論及世界大事、人物、各地風尚、習俗等等時事問題。可惜籌備八八九九，金庸突然取消此一計劃，不知原因，但極為可惜、可惜。

歷來《明報》社論逾萬篇，因工作關係我都要瀏覽，當然有精粗之別，雖然後來取消《社論集》計劃，但在過程中我卻獲益良多，可說一生難遇，猶如得睹武俠小說中武林秘笈。原來金庸的武俠小說是九陰真經，社論是九陽真經。《社論集》是極有價值的社會大學教材，是歷史文獻。從中有社會性常識、啟發性資料、世情得失事故的探討，使我增添學養，智慧大為開啟。其中一篇「自來皇帝，不喜太子」說出道理，至今印象猶深，內文輾轉說出的道理，令人拍案。真多謝金庸先生，給我這樣的機會修煉。

因報社的運作主要是晚上，早上便較清暇，期間每周我都有幾天到太古城健身室健身，再到北角報社上班。我是練氣不練力，非想骨肉橫生。健身後洗洗澡才上班，何等輕快？報社提供午飯，六人一桌，四菜一湯，到時便吃，吃完便走，連點菜也不用費神，何等瀟灑？那時剛好跟永惺法師學靜坐，飯後在房子把燈光關了，一片漆黑，一閉眼，再張開眼，準是過了半小時有多，再重新投入工作。生活這樣有規律，身心健康也。

結緣《明報月刊》

作者為《明報》三十周年報慶設計之標誌。

後來金庸差我到《明報月刊》幫忙，不久調職到《明報月刊》，我有點不高興，想到《明報》已非久留之地。在《月刊》認識到古德明，大家談得來。古兄是位較性烈的謙謙君子，外圓內方。他的中英文造詣均深厚，做事認真，曾為一言一語而到圖書館翻查半天。每期《月刊》出版後，他都掏腰包請編輯部同事午飯，大抵這是「古風」，想不到是他和我同一天辭職。

在《明月》工作沒有壓力，對我而言工作輕鬆。但過了不久，舉家批准移民海外，便離開《明報》。後來再回港，是另一個故事了。離開了《明報》，才體會到金庸為我的安排。因為他不知道我申請移民，而金庸自己也快將離開《明報》，便及早安排我到學術性較濃的《明報月刊》工作。如無事故，我可以安安穩穩輕輕鬆鬆工作至退休，有如給我一張長期飯票。我對金庸為我的費心，未宣於口，內心還是永遠銘謝。得幸金庸的知遇，使我生命中添上輕快、恆久眷念的彩筆。

情醉紐西蘭

四月初春，在香港縱然看不到榴花盛放，也該是杜鵑燦爛，遍地花開的時候吧？而我卻是隻身處於南半球的世外桃源紐西蘭。警覺到初秋的早臨，若不趁早遊覽更南更冷的南島，恐怕帶來那單薄的衣衫令我卻步，沒法借此難得的機會一窺南部名城的風貌。

午夜行車　星空澄明

為了瀏覽沿途風光，我決定花多十餘小時乘長途巴士和坐火車到基督城。我一人提着一大一小兩袋行李，打算在南島度過兩周浪蕩的生活。

晚上八時了，奧克蘭那具百多年歷史古老火車總站的天空仍是長空一碧，堅持來送行的是居於紐西蘭已逾十年的趙兄。專程的長途巴士早已泊在火車站門外，先由司機驗票，隨而編定座位。與趙兄揮別後車子便駛離那古意盎然的建築物，緩緩向郊區進發。

上路後天色愈來愈暗，而心中徐徐泛起一種前所未有的無依感覺。大概是前路漫漫，「西出陽關無故人」的原因吧。驀然、腦海中又閃出了高適的詩句「莫愁前路無知己，天下誰人不識君」的話來，正好作個無聊的紓解。但見汽車愈駛愈急，已從超級公路奔馳到野外青、平坦草原的路上。

透過車子偌大的玻璃屏，見到紐西蘭的夜空散滿了閃爍的星光，默默無聲地漫天明滅。我奇怪到了紐西蘭半月，總是看到星星，見不到月亮。每次向當地人提及，他們總是安慰我，說紐西蘭總有月亮的。紐西蘭的夜空最明亮的是南十字星。他們以此為榮，國旗上也繪上南十字星。它確比香港的北斗星還易辨認。只見窗外南十字星一忽兒東、一忽兒西，我知道汽車在盤迴而進。車外是恬靜而暗沉的，天空卻藍得透光，勉強還可以視物，車子在無所依憑，遼闊的平原上疾駛，置身車內，總有一份難以言喻的安穩感覺。

靜穆中走了許久，司機在小鎮把車子停下來，說讓我們去方便，又可以買小食充飢。從車窗外望，小鎮靜悄悄的，只有一兩間小店透出燈光，十多人在燈光下聚談，影子不斷晃動，倒像香港市郊的午夜，別有風情。幾個中途站的乘客抽着行李上車，一個青年坐到車末的座位，和我一左一右，大家善意地點一點頭，默不作聲靜候汽車前奔。

異地深宵　隨遇而安

這晚我該在車廂中渡夜的，但紐西蘭的星空對我有無比的魅力（其後也是如此）。它那藍中透光的天空令你沒有黑夜的感覺，而是澄明透徹的令你沉醉於夜思。那閃爍不定的光芒在你的神思下游走，一明一暗的像無線電波訊號，透過你的眼睛直入你的心坎，像宇宙中的主宰要告訴你的命運，可惜凡夫俗子總是無法領會。

午夜，汽車停在一個更荒涼的小鎮。竟然有人在午夜上車，而我卻非下車找廁所不可，只有鼓着勇氣尋尋覓覓。那兒有一間燈光幽暗的小屋予人方便，回途時遇上對座的青年，告訴他廁所位置，免去他一番尋找功夫，車子又啟程，終於十分渴睡，捲曲着身軀便倒睡在座位上。

想不到沉沉大睡，突然給對座的青年拍醒，原來乘客早已全部下車，長途巴士已到了威靈頓火車終站。我嚇了一跳，見天尚未亮，只是清晨五時許，叫我離開車廂到哪裏棲身呢？司機說要把車子駛走，我查問行李時原來早已丟在車站行人路中，又把我嚇了一跳，幸好無人信手拿去。

清晨的微風使我大有寒意，只得漫無目的地提着那笨重的行李走到大堂。只見幾個流浪漢子呆在長椅上，有白人，也有毛利人，有渴睡的，也有目光呆滯的望着你。我素聞紐西蘭治安良好，但此時人地生疏，在天亮前最黑暗的一刹那笨手笨腳的抽着笨行李，心中也不免打個疙瘩。

日本少女 乍悲乍喜

突然一個東方少女從柱後走出來，向我熱切地招呼，像見到老朋友的樣子。我弄清楚她確是向我招呼的時候，向她善意地點頭，以為她是中國人，大有他鄉遇故人之感。原來她是日本人，她說我可以把行李存放在火車站的自助貯物格，只要放上硬幣便行，又主動帶我到貯物室。這時一個精壯的流浪漢也走過來向我們搭訕，三人走進貯物室。我放下行李後如釋重負，和日本少女並坐在長椅上，那流浪漢提議她到不知什麼地方，少女只懂生硬的英語，對他不大理會，卻和我訴說怎樣來到紐西蘭，那漢子見她找到話伴，在旁徘徊十多分鐘便走了。想來那流浪漢以為我是日本人，他也糾纏那少女不少時間了。

天漸亮，火車站漸漸熱鬧起來，一個賣漢堡飽的人整理流動店子開始營業，飢腸轆轆的我在旁侍候他十多分鐘後買去第一個漢堡飽。一人獨自到街上溜躂。威靈頓的市容整潔美觀，因為那是星期天的清早，空氣清新的街道上闃無他人，倒有像走入電影佈景的感覺。一忽兒是二十世紀最新型建築的大廈，別出心思處尤勝香港所見。一忽兒卻是上百年歷史典雅的建築物，古意盎然，雕琢瑰麗。

鳥瞰紐西蘭風光。

原意半小時的渡航竟走了三小時有多，終於趁上火車。又遇上那日本少女，竟然又坐在我的對座，但我們沒有深談，火車走了數小時，大部分時候她都是含着眼淚遠望窗外默默無言，給我的印象至深。後來在基督城路上碰到她一次，一個人蹦蹦地跳着走，笑得燦爛像春天的陽光，看來瞬息悲喜無端的情懷，是青春少艾的專利。

南島風光　恬靜溫馨

基督城給我的第一個印象甚為破落。當火車駛到終站已是晚上七時，天空是暮靄而晦暗的。車站建築物的油漆早已剝落，兩三個衣衫隨便的人高舉木牌招人光顧他們的旅店，十元或十二元紐幣度宿一宵，還聲明奉送早餐，可說廉宜之極。車站看台上站着二三十個面色蒼茫的迎客者，整個景象就如電影《女賊金絲貓》中世紀初美國西部開墾期的火車站一樣。

因為火車延誤了兩小時，我正擔心接車的人會捨我而去。誰知寄住的女戶主帶了四歲的兒子伊利諾和一塊寫上我名字的大紙牌來歡迎我。伊利諾活潑而頑皮，他說預備了一些糖果給我，還堅持要我到花園看他飼養的小灰兔，母子二人顯出一派小城好客的風範。

基督城其實是個十分美麗的城市，有花園城市之稱，差不多家家戶戶都有美麗的花園。都是繁華盛放，吐艷如錦。基督城地勢平坦，空氣清新而沒有大城市繁囂的壓迫感。城市不乏百年以上建築物，悠然古雅，信步可見。

教堂廣場　諸色大會

聽說基督城是個早有整個發展計劃的城市。早期的移民團是英國近牛津大學一帶的居民，因而基督城保有濃厚的學園色彩，市中心是大教堂前的廣場，主要大道哥倫布大街正好橫貫其中。幽雅的雅芳河在附近蜿蜒而過。河旁祟木參天，河水汩汩地流向市郊，遊客可以花幾塊錢僱用戴着禮帽穿着優雅服飾的船夫盪舟小遊，情致閒雅。廣場與雅芳河間不遠處是全市最新式最昂貴的皇家百樂門大酒店。比鄰有一間十九世紀的紅磚小教堂，原來是遊客諮詢中心，兼售地圖和紀念品，應是遊客第一個要到的地方。

大教堂廣場是一塊奇妙的地方，相距一箭之遙便可以從綠蔭翳然、閒靜優雅的十九世紀小城風光轉到二十世紀那熱鬧而節奏急遽的現代城市場面，午膳時間好像全城的人都湧到哥倫布大街的廣場來。許多人在雅芳河旁的草地吃三文治、曬太陽或和好友閒聊，但更多人愛到廣場。廣場就像海德公園，只要你有興致便可以站起來演說。觀眾的多少視你的吸引力而定。有人穿了戲服，攀在梯子上演說。有人玩樂器，有人表演街頭劇。我看見一個健美的少婦穿了一身深藍色的比堅尼泳衣，在艷陽下展弄美肌。坐在石級旁的漢子們大聲叫好。少婦報以一笑，又換另一個姿勢，兩者各得其樂。

夜步小鎮　如夢如幻

終於，要別了基督城，再向更南的但尼丁小鎮和女王鎮而去。伊利諾的父母晨早便為我驅車到長途巴士站，依依而別。經驗告訴我不要在入黑前後抵達新市鎮，因為找旅店較容易，即使提着行李闖也易於應付。從基督城到但尼丁沿途都是美麗的草原和數不盡的羊群。羊群呆着曬太陽時一動不動，遠看像綠茵中一塊塊頑石。

下車後櫃枱前巴士公司的女職員替我找旅舍。旅店的外形風格上有百年歷史，但內部設備現代化，連早餐三十五紐元一夜，挺愜意了。安頓了行李便到市中逛逛。這小城市中心其實只有一條大道。見到許多喜愛的十九世紀建築物，是在香港難以見到的。而一般的

寄居紐西蘭友人家。

房子都建得別出心裁而雅緻。每間都不同，每間都很有性格，倒像是放大了的兒童玩具屋，而自己竟又置身其間。當時夜後我再到街上走一遍，大部分時間街上只有我一人。夜涼如水，燈影下細雨菲菲，真是如夢如幻。

次日乘車到女王鎮，女王鎮給我的印象就像香港的赤柱。是個旅遊點，周日也不休息。商店貨品頗齊備而時髦，最大的商店是日本人開的。花兩小時已逛完全鎮。晚上小鎮酒吧都堆滿人，有清談，有高唱，喧鬧非常。我獨在路旁小石欄上，左邊是黑沉沉、靜悄悄的湖水，右邊是鬧烘烘的酒吧，滿是度假的男女。想不到在熱鬧繁榮的市鎮，獨坐萬籟的路旁，細賞遠處野草輕搖。只覺微風掠襟，心思澄明，默默靜候月落星沉，深感人生難得的經歷。驀然昂首，見半空中央一點燈光凝着不動，恍如瓊宮瑤光下耀凡塵，以為是紐西蘭特別明亮的星星。後來才記起原來是日間見到的山頂纜車酒店的燈光。

回程時我乘內陸機從女王鎮飛到基督城轉機。飛抵奧克蘭時不過相距三兩小時。內航機航道較低，從窗向下望景物宛然，那些山、那些水、那些河道，甚至公路上的汽車都歷歷在目，靜默中充滿生命力，每分鐘都是會轉變的大自然美景。航機內招呼週到，雅潔明亮。相比之下，從陸路南下時不免酸屈了。但我更珍惜南下的經歷，它給我難得的感受。以前怎會想到一個熱水浴，一張硬板床睡覺就是極大的幸福呢？

紐西蘭是令人情醉的，它沒有濃洌郁艷的風華，卻有澄明靈致的美景，和那古道熱腸的民風。

蠟燭

朋友送我一支蠟燭，好幾年了，放在案頭上，從未有打算燃點的意思。蠟燭直徑有三吋，卻只有五六吋高，肥肥矮矮的，周圍卻雕上精緻的浮雕，又有誰忍心把匠人精細的心血化為模糊的燭淚呢？

不知人類哪時開始懂得用蠟燭。有人說人類自從有火把、言語、宗教後才脫離野獸的生活。三者之中，看來火把最重要；有火把才有溫暖，才有可資攜帶的照明，才有對抗猛獸，征服大自然的勇氣。火把將人類由獸類的生活超脫出來，而蠟燭卻是將人類野蠻的生活，帶進文明的梯階。

蠟燭的出現，使我們擁有長夜。一月之中豐盈月色的晚上並不多，中宵澄明，燭光掩映，故古人以秉燭夜遊乃人生一大快事。但現代生活中，除了偶然停電而急急尋找蠟燭之外，恐怕它在我們心中的地位，早已蕩然無存了！

昔日的小孩子，最愛在中秋節的晚上燃點着小小的蠟燭，帶着花燈遊玩。花燈透出那小小的光芒，映得小孩子臉上那喜不自勝的欣悅。和淡中充滿感謝和快樂。但近年來每見孩子都愛將蠟燭堆在罐子中焚煮，火光熊熊之時狂呼咧笑。原來要點燭的花燈都由用乾電的燈泡代替。這優悠閒致的玩意竟成了煮鶴焚琴之舉，要他們長大有優雅的情操似乎難上加難！

個人對燭光總有一份難以言喻的親切。第一次感到燭光的可愛，是在一個惜別晚會上，周遭是黑沉沉的野外，只有那點點數不盡的小燭光，散着柔和而又精勵的亮點。四野的沉穆使人感到無依和孤寂；點點的光芒卻使人感到親切可依，連素無深交的新朋友也不忍相離。浪子情長，恐怕是拜燭光之賜吧！西洋人追求理智，對蠟燭只有發出「照耀了別人，燃燒了自己」的喟歎。中國人對蠟燭卻別有懷抱：蔣捷說的「紅燭薰羅帳」是浪漫，李商隱的「蠟炬成灰淚始乾」是情深，杜牧說的「多情卻似總無情，唯覺樽前笑不成，蠟燭有心還惜別，替人垂淚到天明。」則在淒楚之中還多了一份無奈了！

無言的眸子

想不到見面可以談兩三小時，都是輕鬆暢意的。說聲再見後，原來她還有空檔時間，她告訴對方會隨意逛逛，打發時間。聽了，有點負疚於心，便提出再一起喝咖啡。東聊西聊又談半小時有多，要分手了，小妮子竟要伴我走進車廂。心兒跳了幾下……，真的是分手了。她步出車廂不兩步，突然回首貪戀地瞄了一眼。這一眼，把我的心凝住了，我心中突然空蕩蕩，恍惚得到什麼，也恍惚有一天將失去什麼。

眸子不會作聲，但誰說眼睛不會說話？第二次分手，也是車廂來了，信步擠上車廂黑壓壓人叢中，回首瞧向別離的身影，發現她那迷惘而有點哀傷的眼神，好像不知前路該怎樣走，……我的心又即時沉下來了……

清風偶遇

清風偶遇，一陣漣漪，一陣流連——。

這是急遽節奏都市生活難得的悠悠意態，也是讀西茜凰的小說後的情懷。西茜凰是近十年聲譽鵲起的女作家，一枝健筆，出道至今已完成五十部著作，包括小說、雜文和人物專訪。其中以小說最多，也最受人談論。

西茜凰擅寫愛情小說，把男女融鑄於愛河中的嗔、怨、愛、恨寫得哀婉纏綿，又旖旎溫馨。相擁時使人熱淚滿眶，相別時又迷惘空蕩。她的書中人物大都是紙醉金迷的大城市中小康大富的男女，他們很少受到工作的壓力和生活的壓逼，即使道及，他們亦會在這方面應付裕如。西茜凰筆下的俊男美女好像只為愛情而生活，一切都以追求愛情、憧憬愛情、享受愛情為人生至高目標，但卻有不少人為愛情所棄。有背信棄義者，亦有不少真情空寄，悒悒而傷的情場敗將。無論書中人物的愛情得失如何，他們大都有赤子情懷，衣不滴垢，塵不沾心，既對愛情生活敏感而認真，又有超然脫俗的灑脫。男的雄俊瀟灑，女的貌美多情，這是港人最嚮往的形象。無怪她的作品贏取讀者一讀再讀的喜愛。

西茜凰的小說愛反映時代人物的愛情觀，將都市人物的情懷美化浪漫，的確令人陶醉，但有時未免過分完美。嚴格來說，她的描述往往是情多於義，愛多於恩。小說缺乏一種城市人要應付生活的壓逼感，也缺乏了愛情反覆的取捨。以作者練達的文筆，多采的構思，其實可以將作品提升到更高的層次，在寫享受情愛時增添感激、在離怨之中仍然帶着落漠衷心的祝頌，相信會更引起讀者的慨歎共鳴。

讀西茜凰的小說常感到美女往往苦於尋找真愛，有如飢渴的戰馬。美女受男士的鍾愛，但美女又何以偏偏寂寞呢？所以讀她的小說不宜以腦去讀，應以心去讀，感染一下她那多情之筆的愛情，就恍如回到初戀的錦繡年華。情如清風偶遇，不可擁有，不可觸摸，已然留下一點惘然的回憶，而這一點回憶已足以一生珍貴。

她的成功，牽引着年輕人美麗的憧憬，掀開了中年人濃醉如酒的心事！

和我一起成長的家姊

家姊：

知道你入院療治，因疫情不能探病，總期盼你早日出院，誰料傳來的是遽然與世長辭，真令人心酸神傷。腦海中就是湧現你昔日言笑的往事……。

記得我四歲的時候，還不及你的肩膊高，你帶着磞磞跳跳的我報讀一年級，可是老師說我年紀太小，叫我明年再來……。又有一天你問我，一起去探望爸爸好嗎？我仍未上學，你拖着我的手，步行到文咸西街。見到爸爸辦公的地方，全是木板地，真新奇。又見到當時話筒和聽筒分開的電話，大感興趣。停留一會便回家，你又拖着我的手一路走，你知道嗎？當時我心中感到有個姊姊真好！

後來考入博士班，成人了，你還竟然給我一封大利是，向我道賀，幫補交學費。恐怕你永遠不知道，當年你中學會考，成績八科良好，實在令我驚歎佩服！……往者已已，家姊，多謝你一生對我的愛護和關顧，今雖天人相隔，情義卻是永遠的，永遠懷念你！

輕風吹我心

是一陣輕輕的晚風，輕拂着我的臉。嗅到郊外野花野草的芬芳。一下子像年輕了。咫尺之遙，是一個漂亮的臉龐，眼波卻是凝望着桌上的小杯子。但見纖巧的嘴唇微動，像要說什麼，卻又不願意說什麼。

在凝着的時空中，世界是多麼恬靜優美，多麼可愛。驀然，眼波慢慢轉動，竟移到我的眸子中央。……可以見到是帶着光芒的，精光燦瑩、像會說話的嘴巴，透露出一種無言的期待。

我忍不住緩緩伸出右手，像蠕蠕爬行的蛇兒，在桌上向前展延，慢慢抓着她那支頤着下巴的左手，從手肘遊攀上去，握着那膩滑冰涼、雪白的藕臂。清潤涼快的感覺從指尖傳到身上、產生一種久違的舒泰感覺。

也許時間真的凝住，一切都是靜止的，寂寂無聲，但充盈着甜美可愛。我不禁輕輕地說：「你的唇真美。」她輕輕地，淺淺地一笑，卻把嘴合攏起來，又忍不住笑起來，就像綻放的花瓣。我悠然欠身俯前，纖美的唇兒剛好迎上來。輕輕一印之後，又緩緩分開。精光的眸子原來早已半閉了。在淡淡的光影下，只見粉臉緋紅，恍如酒醉。我緩緩伸出左手，握着她的右掌，十指緊扣，大家感到對方的脈搏。但誰也不願意再動一動。心底下，像回復了那失去昔日的青春。

王敬義與《南北極》月刊——我的散文啟蒙者

今天讀到《香港作家》刊出陳浩泉先生的〈悼念王敬義〉一文後，感受良多。敬義先生可說是我寫散文的啟蒙者。我對他存有一份敬意和感謝，但也始終保持一份距離。他當然知道我這個人，但印象不會深。

青年時代已讀敬義先生的文章。感到他的文筆中有一股清剛之氣。內容和視野較當時許多作家廣博，句語中充滿時代感而又馴雅；蘊含學養中又無腐酸氣。我確信他是香港文壇中一支健筆。

敬義先生創辦《南北極》月刊，促成我對散文寫作的興趣，至今仍樂在其中。可惜如今閒心不多，少有着墨。我在求學時代，常讀《中國學生周報》，這份刊物園地公開，但我總提不起興趣投稿。四十多年前《南北極》創刊時徵稿，讀了兩期，便試行投稿，結果立即刊出，欣喜莫名，信心倍增，更激發我對散文寫作的興趣。

在《南北極》徵稿啟事中，強調文章要「暢所欲言，言之有物」。這八個字我奉為寫作上的圭臬，即使現在和後進談論寫作時也常把這幾個字掛在口中，不過沒有提及這是敬義先生對我的啟發而已。

因為《南北極》是月刊，我決定每月投稿一篇。除了間中太忙或找不到適合題材沒有寄稿之外，結果都被採用。沒有退稿，實在沾沾自喜。誰料好景不常，一次接到退稿，打開一看，真教人汗顏愧地。原來敬義先生用紅筆替我改稿，連標點符號也改了，認真之處叫人感動。附筆說：原意刊出，但突然稿擠，退回。此後，我總是把寫完的文稿放在抽屜內多天，再拿出來自己修改、再改，然後才寄出，便養成這個習慣。刊出後與原稿再對一次，愈來愈少改動，後來差不多原文刊出。

有一次我以「揚子江」筆名，寫了篇〈階下囚與座上客〉，談及當時台灣當局對作家金庸和作家柏楊的不同態度，並請把稿費全數購入文藝書屋出版的柏楊作品，如《倚夢閒話集》和《西窗隨筆集》等。因有數十冊，還請代我挑選。其後的稿費都用來買柏楊寫的書，所以柏楊坐牢前的作品我該全數讀遍，包括以郭衣洞作筆名寫的《異域》。柏楊文筆辛辣，冷嘲熱諷。我愛讀而不愛學，但他那如水銀瀉地般的人情世故，卻使我獲益良多，終身受用。

一次，《南北極》刊出我的文章而久久未有寄來稿費，我以為寄失了，寫信追問。換來一張只是數碼和簽名的支票，竟然連收款人和日期也沒有，心裏感到乏味之至。和文友談及，文友說：《南北極》肯登你的文章，已給足你臉子，你竟然敢討稿費？後來《南北極》停刊，我也有打聽敬羲先生的動向，聽說生活得大不如意，不知是否屬實。但香港文人能生活得優游的，實在不多。

敬羲先生可說是我寫散文的啟蒙者，雖然始終未謀一面，未談一語，但在我心中還是恆存感謝的。如今，期望文人他日撰寫香港文壇史話，不要忘記王敬羲先生的一支健筆在香港默默作出的貢獻。

按：文藝書屋由王敬羲經營。

香港填詞人文學成就——八十年代歌樂成就輝煌

記憶中廿世紀七十年代電視劇《啼笑姻緣》播出，粵語流行曲在香港開始風行，八十年代前後達致高峰。而一群出色的填詞人、創作出不少不朽歌詞，這些歌詞雖然不是大塊文章，卻正正可代表港人文學創作的一種成就。筆者認為香港文學創作，以戰後情況而論，有兩大主流。一是香港武俠小說文學的興起、其次是八十年代前後的歌詞的創作。

填詞人輩出的年代

香港耳熟能詳的填詞人有黃霑、盧國沾、鄭國江、林振強、林夕、向雪懷、潘源良……等等……等等（未能盡錄）。其中還有些填詞人作品不多，但仍有令人難忘之作。不過很少人會意識到優秀的歌詞可以成為文學作品，但事實正是如此。只要想到宋詞原也是歌詞，故此這一說法不無道理。

說起中篇電視劇，其中《上海灘》誠為經典之作。而主題曲〈上海灘〉作曲家顧家輝、填詞人黃霑、歌星葉麗儀都有極出色的表現。三十多年後仍為人津津樂道，享譽不衰。不過，人總有無理的偏愛，多年前商台邀請筆者出席「有誰共鳴」節目，讓我揀選八首樂曲播出，便沒有選上「上海灘」。當日挑選四首粵語、四首英語歌。第一首是「春雨彎刀」。現在只談四首粵語歌曲的歌詞。今先談〈春雨彎刀〉的歌詞。

春雨彎刀中淒風吹冷肝膽

春雨，那末詩情畫意；彎刀，那末寒光閃爍，卻把歌者的心意連在一起。是帶起情情怨怨，仇仇恨恨。只有涉足江湖，在名利場中打滾的情深者、才有這樣複雜的情結和思緒，歌詞把徬徨與無奈的心情寫得淋漓盡至。在甄妮的歌聲下，鬱結與辛酸，無奈與痛楚，噴薄而出。而萬般得失，萬般愛惡，總要在江湖了斷。何以這樣呢？是恩似滅還現，是心中難以的捨割。最後，名利因彎刀出現而滅，快刀斷名利，情怨消失在春雨裏，心中不免淒苦。情意在春雨密綿綿中，只感到淒風吹冷肝膽（內心），帶着不斷痛失面對人生，何其遺憾？

春雨中的顰笑、情怨、心中的恩仇，何等纏綿？彎刀的斷石分金，何等爽利？鄧偉雄筆下，寫出人生的得失、人生的淒怨、人生的無奈。用字用詞，何等深刻？歌詞中優雅的文詞，顯露出作者文字運用的根基和湛深的文化素養。一場武林高手了斷恩怨豪情悲情的畫面、在歌聲下呈現筆者眼前，究竟是耶非耶？

歌詞：春雨彎刀　鄧偉雄填詞

情情怨怨在春雨裏，仇仇恨恨在彎刀邊。耀目刀鋒光似冰霜，難斷春雨密綿綿。

顰顰笑笑在春雨裏，名名利利在彎刀邊。斷石分金剛勝青霜，難斷心裏恨綿綿。

心似絮還亂，恩似滅還現。萬般得失，萬般愛惡，盡在江湖了斷。

情情怨怨消失春雨裏，名名利利滅卻彎刀邊。獨剩淒風冷冷肝膽，陪伴那春雨密綿綿。

一起走過的日子

第二首樂曲是劉德華的〈一起走過的日子〉，由小美填詞，胡偉立作曲。劉德華有不少名曲，獨選這首，因為很有劉德華腔。聽說劉德華只有兩首電影插曲，這是其中之一。這首樂曲歌詞淺白動人，也是我偏愛的其中一個原因。內容是個簡單的魯漢子，愛人突然死了，撫着愛人的遺體以配樂形式唱出心聲。詞義簡單，卻真情流露，直抒痛苦難過感受。

歌詞中「如何面對一起走過的日子？」呼號出突然失去所愛錐心之痛！「從來無人明白我，唯一你給我好日子」，指出世上知心難求，而唯一知心，突然瞑目躺在眼前，如何能不傷不痛？「多少風波都願闖，只因彼此不死的目光」，就是只因有妳的支持，我才能勇闖風波。寫出愛人對自己生命的重要，如今一切化為煙雲，驟然失去生命的意義了！寫出情切、驟然所失的哀痛。

下闕「當天一起不自知，分開方知根本心極癡」，其實是「失去方知根本心極癡」，指出世人多不知珍惜當下，只有失去時才追悔，是極愚蠢的事。正是「如今想傾訴講許知？」空徒追憶，只得恨意綿綿。全首沒有艱澀難明詞句，而情真雋永，的是佳作。

歌詞：一起走過的日子　小美填詞

如何面對，曾一起走過的日子，現在剩下我獨行，如何用心聲一一講你知。

從來無人明白我，唯一你給我好日子，有你有我有情有生有死有義多少風波都願闖，只因彼此不死的目光，有你有我有情有天有海有地不可猜測總有天意，才珍惜相處的日子。道別話亦未多講，只拋低這個傷心的漢子沉沉睡了，誰分享今生的日子，活着但是沒靈魂，才明白生死之間的意思。
情濃完全明白了，才甘心披上孤獨衣。有你有我有情有天有海有地。
當天一起不自知。分開方知根本心極癡。有你有我有情有生有死有義。
只想解釋當我不智，如今想傾訴講誰知，剩下絕望舊身影，今只得千億傷心的句子。

天龍訣雄邁飛揚　振奮人心

第三首〈天龍訣〉，黎小田作曲，關正傑主唱，盧國沾作詞。

〈天龍訣〉是武俠電視劇主題曲。當時許多電視劇都充滿愛情元素，內容和主題曲多寫不同角色的愛情，寫男女戀慕，或纏綿或失落。但〈天龍訣〉這首樂曲可謂獨樹一幟，主題並非愛情，而是豪氣干雲的進取，爭雄爭勝。全首歌樂和歌詞都格調飛揚，振奮人心，寫出光明前景在望，不怕艱辛，克服困難，朝目標進發。筆者很喜歡其中的「輕提我寶劍，飛身再跨千里駒」。請了國內書法家魏寶榮為我留下這句話的墨寶，懸掛有廳上，閒中抬望，亦感到鼓舞。

歌詞：天龍訣　盧國沾填詞

風寒尋雪路，不知崎嶇。蒼松送稀客，衷心讚許。
朝辭磨劍石，不加顧慮。輕提我寶劍，飛身再跨千里駒
到處惶恐爭探問，問我是誰。看我傲然摘雲彩，更感畏懼。
天邊有星，伸手要採，那怕極疲累。遠近河嶽，請你記住，江山歸我取。
英雄流血汗，不輕濺淚。驕陽長相照，壯志凌銳。
風寒尋雪路，不知崎嶇。輕提我寶劍飛身再跨千里駒。
滾滾潮聲輕奏樂，樂韻伴隨。見我傲然踏河山。更感畏懼。
天邊有星，伸手要採，那怕極疲累。遠近河嶽，請你記住，江山歸我取。

梅艷芳代表作　似水流年

第四首是梅艷芳的〈似水流年〉，由喜多郎作曲。

梅艷芳唱這首歌，真是不作第二人想。梅艷芳一副滄桑的喉底，加上鄭國江那落漠無依，飄渺無奈的歌詞，令人隨着梅腔悠悠的歌聲，瞬即墮入沉重的追憶中。

全首歌滄浪感慨，歎時光之飛逝，滄桑無奈。但細味歌意，並非只有傷逝，而在落漠

當中，好像已享受過美好的人生，有無限依戀的往事。這種感慨的詠歎，雖然「留下只有思念」，但「在浩瀚煙波裏」，「懷念往年」，則無悔此生。歌詞沉雄鬱抑，卻又不禁留戀往昔。兩者交替唱詠，寫盡人生感慨，引起無盡共鳴。曾在社會奮搏，成成敗敗的香港人，更會感到被觸撫心竅，熱淚奪眶，盡顯鄭國江在平淡中滲出的功力。

歌詞：似水流年　鄭國江填詞

望着海一片，滿懷倦，無淚也無言。
望着天一片，只感到情懷亂。
我的心又似小木船，遠景不見。但仍向着前。
誰在命裏主宰我。每天掙扎人海裏面，心中感嘆似水流年。
不可以留住昨天。留下只有思念。一串串。永遠纏。
浩瀚煙波裏，我懷念，懷念往年。
外貌早改變。處境都變，情懷未變。
留下只有思念。一串串，永遠纏。（重複副歌）

其實，對藝術作品的喜愛，各人一定有所偏頗。這裏只談四首，當然還有許多不朽名作尚未道及。但八十年代前後本土樂曲的精采，似乎今日無以比擬。香港本土樂曲二十多年來漸漸褪色，令人倍感寂寞。只盼這是筆者的偏見，更期望樂壇後輩承接前賢，為香港再造輝煌。

中文要學書面語

許多年前我到英國文化學會進修英文，導師是個美國人，閒談時我問他大學修讀什麼，他說修讀英文。當時我感到奇怪，便說他已懂英語，為什麼還花時間讀英文。他呆了一呆，隨即說：你懂中文，為什麼還在學校讀中文？這一問一答好像很無聊，但真是值得我們深思，為什麼中國人要花時間讀中文。

我手寫我心　非「我手寫我口」

其實我們學習中文有好幾個目的：最基本的是讀書識字與人溝通，明白別人的意思，也能清楚表達自己的意思。其次從學習中培育人格教育，道德教育；正心、修身的意識。所以，現在高叫的公民教育、道德教育原來以前包含在中文學科裏。以前不叫中文科，稱國文科，包涵了切實的公民意識和做人應有的道德意識。中學的國文課程，更給予我們對中國文學美感欣賞和培養正確的人生觀，何只讀書識寫字這樣簡單。

有人說中文難學，原因是不懂得分門別類去掌握。因為中文之中分口頭語和書面語。語言中又分母語和地方語之別。父母是上海人，母語是上海話。香港的地方語是粵語、廣州話，兩者便不同了。書面語又分為白話文（語體文）和文言文，其間遣詞和語句的結構又有分別。這樣容易使人感到中文難學。但我可以說對中國人而言，中文絕不難學，因為千百年來中國的讀書人，差不多也是對着同一的情況而沒有難倒他們。在香港六七十年代成長的人大都能寫達意的中文，中學程度的也能了解一般的文言文，而現在的中學生大多沒有這樣的本領，道理在什麼地方呢？

學中文　應該重視書面語

有些人認為香港人中文水平低落是因為普通話未能普及，高呼「我手寫我口」。筆者認為普通話極有價值，極贊成推廣普通話。但還是不能顧此便失彼，更重要的是要學習書面語。如果懂說普通話便懂寫好文章，人人懂說普通話的北京小孩子都可以成作家了？其實當然不會這樣，該是「我手寫我心」。因為書面語比口頭語的表達能力深博得多，要有一定的修養和學習，未經學習，便不能說出好像「參差」、「參商」、「淒楚」、「淒酸」這一類較有深度的詞語。試看歷代的好文章好詩詞，以文字表達人類心靈深處的感受和思考，一定比說話來得深切。

原來，「中國人有文字之始已非着意寫口語。我國最早的甲骨文和金文都與口語無關。今日的考古家和人類學家都知道任何初民的語言和文字都不可能一致。例如甲骨文『亥日允雨』，便不會刻下『亥那一天果然下起雨來』。」（見唐德剛：《胡適口述自傳》第七章，安徽教育出版社）。

當今大學問家南懷瑾對學習中文有這樣的看法：「中國人了解，語言最多三十年一個變化，所以把語言和文字脫開，後人只要花兩年時間，學會了一兩千個字，幾千年以上的書也能讀懂。」南老先生把中國人語、文分家的偉大觀念說出來，這便是應該重視教導書面語的答案。

學古文　承傳幾千年優秀文化

中國的象形文字是人類一大貢獻，巧妙之處就在語、文分家。只要國人讀懂三數千字，便可以吸收到幾千年前我國大學問家傳下來的智慧。我們可以讀《論語》、《老子》、甚而《孫子兵法》，也可以讀文天祥的〈正氣歌〉，欣賞李白的詩、李後主的詞，這些統統是書面語。無論你說北京話、上海話、廣州話，只要懂書面語，都能承受中華文教，吸收前賢的智慧，領略古人的胸懷感受。當你想到李白、蘇東坡、康熙大帝等等時代俊傑少年時代讀的書，竟然和我們讀同一教本，真是又慶幸、又自豪。如果殷商文字是拼音文字，留存至今日，便只有專家才知道前人說什麼、想什麼，中國焉能有今日文教的發達？怎會有歷來天下九州的文教共識？中文書面語能保存彌久的中國文化，不是對人類有極大的貢獻嗎？

白話文（語體文）自有時代需求，但何必放棄學習文言文呢？只有白話文便是與時並進嗎？「對五四運動前後期的白話文現在看來，簡直不通。」（見南懷瑾：《論語別裁》，復旦大學出版社）。現在回顧當日，對白話文的推崇、對文言文的鄙棄，其實是我們忽略了應有的警覺：當日那一群新文學運動悍將，陳獨秀、胡適、魯迅等一干讀書人，哪一個不是飽讀詩書、文言文筆底都是頂呱呱的？後來一些舊學根基較淺的前進文人寫白話文時文筆便差許多了。他們文章中有歐化句語，累贅語法結構；有文不達意，簡直令人不能卒讀。我們應該重視教育下一代古文書面語的原因便顯然易見了。不重視書面語，中國人便難以承傳中國文化。

梁羽生探索

本文是對作家梁羽生的探索，基於對梁先生的尊重，變成了「梁羽生探索」。梁羽生是公認的新派武俠小說開山祖，而發揚光大者是金庸。梁羽生撰寫第一部武俠小說是《龍虎鬥京華》，推出後讀者都叫好。而聲譽鵲起卻是隨後撰寫的《七劍下天山》。

舊派和新派武俠小說熱潮

梁羽生的小說被視為新派武俠小說，然則哪些是舊派武俠小說呢？所謂「舊派」，是指香港廿世紀五十年代那些以廣府話（粵語）行文所寫的「粵派」武俠小說。內容多是福建少林再傳弟子洪熙官、方世玉、胡惠乾等打鬥逸聞的故事，視野再遠一點的則是民國初年掀起風潮的武俠小說。

民初之突然興起武俠小說，有人認為是庚子之後梁啟超、楊度等人鑒於外侮（當時日本人和西洋人）日甚，提倡武俠文學，要喚起中華民族戰國時代的「武俠」精神。當時的知識分子紛紛響應，出現一批褒揚武俠精神的作品。民國十年間已有大量長短篇武俠小說出現，文言和白話並存。當時重要的作家有向愷然、趙煥亭、顧明道和姚民哀。至三十年代出現「北派五大家」，還珠樓主、白羽、鄭證因、王度廬和朱貞木。他們的創作風格各有特色：描述仙幻神怪，幫會技擊，社會奇情，推理俠情亦有。蔚然成風，都極受讀者歡迎。

梁羽生的第一部小說《龍虎鬥京華》於一九五四年一月二十日刊於《新晚報》，因吳公儀和陳克夫在澳門比武，受命於總編輯羅孚而動筆。梁羽生在一次講座中說：小說刊出後報章的銷量明顯增加了，武俠小說成了城中話題，小說在結集前盜印本充斥，新加坡、馬來亞、印尼等南洋華文報紙爭相轉載，還有香港許多報章也開闢武俠小說欄，許多作家加入寫武俠小說。箇中熱鬧情況可以想像。

梁羽生和白羽

在民初武俠小說大家中，筆者認為對梁羽生影響最大的是以《十二金錢鏢》和《偷拳》稱譽的白羽。白羽（1899~1966）原名宮竹心，又稱宮白羽，天津人。筆者因緣結識宮白羽哲嗣宮以仁先生為忘年交，時向請益，得略聞逸事。

五十年代香港《大公報》一位副總編輯拜訪白羽，當面邀約白羽為該報寫小說《綠林豪俠傳》。日常事務則由副刊編輯陳文統（梁羽生）直接通訊聯絡。宮以仁曾為文披露梁羽生和他的通訊中曾說：「我最初寫武俠小說是受令尊（白羽）影響的，……」。白羽是寫實派，對人情事故，寫的尤其透徹……」。

梁羽生欣賞白羽的作品和風格，自己筆下也是走白羽的路子。筆者這樣說，並非否定梁羽生乃香港新派武俠小說開山祖的令譽，而是指出他的新文藝手法其來有自。理由很簡單，因為只有風格而沒有功力，絕不能成為開山祖的。

對武俠小說的見解

一流的創作人才一定具逾於常人的天分，但尚要有精進的學習精神和苦心經營的意志，懂得變通亦很重要。梁羽生說筆下小說的偏遠地域，他也可能沒有到過。例如冰川，是後來到加拿大才親歷其境。他說許多地方是「看」來的，「借」來的，例如參考《徐霞客遊記》。他說武俠小說中的天山雪蓮，誇大了功效，原來只是婦科勝藥，卻不會使頭髮變黑。

他承認受前輩作家影響，也說外國作家對他亦有影響。例如俄國作家托爾斯泰的《安尼·卡列凡娜》，曾借用他們的藝術精神，轉化在他的作品中。他亦不諱言成名作《七劍下天山》，模擬美國作家伏尼契的《牛虻》。小說中甚而運用佛洛依德的潛意識心理學說，來為筆下人物桂仲明（《七劍下天山》中一個失憶的年輕高手）解夢。由此可見他不光是中國傳統式名士小說家，還是具備世界文壇視野的作家。

對於寫武俠小說，梁羽生認為題材不妨新，但是要有所繼承。所謂繼承，是指繼承中國的章回小說形式。開篇用詩詞，用工整回目，這些都是寫傳統小說的模式。所以梁羽生的小說雖然被稱為新派，但仍是中國的章回小說。

梁羽生認為任何小說，必須有所創造。梁羽生概括了新派武俠小說的特點：

一、招式從寫實到寫意。

二、有較清晰的歷史背景，較新、更廣闊的歷史觀。

三、重視中國傳統，亦向西方學習。

四、有廣深的中華文化內涵。

五、講究章法及節奏。

六、「俠」的提升。

筆者認為要寫出色的武俠小說，對中國的文化有深厚的認識極重要。這裏，梁羽生沒有強調武俠小說中加插愛情故事的重要。

人類感情中最令人依戀回味的是愛情的感受，包括回憶及幻想的愛情感受。每每使人魂牽夢縈，絲絲甜在心頭；也會令人哀痛終身，苦憾難填。試想梁羽生的小說、或其他的武俠小說都沒有愛情的描繪，能這樣受到廣大的讀者歡迎嗎？武俠小說中抽去愛情的成分，便會蒼白平板許多。加入了出色的愛情故事，便溫潤了刀光劍影，強權爭霸的刻板乏味。許多讀者在看新派武俠小說時，其實是不自覺的在讀愛情小說，許多「舊派」武俠小說便缺少愛情元素。

其次，梁羽生說「俠的提升」，該是「俠義的提升」。他說的俠，當然包括了義。社會上俠義的事情太少了，在環境惡劣時有人肯挺身而出，說句公道話的其實也不多。讀小說的時候看到能人義士，為人解阨紓困，無償的赴湯蹈火，義不容辭的氣慨，真使人血脈賁張，人心大快。俠義的描寫，是武俠小說中吸引讀者的極重要元素。

至於「向西方學習」及「較新、更廣闊的歷史觀」，正是在傳統武俠小說中展現的突破，見識視野超越當時一般作家。梁羽生若沒有這種心態魄力，則極其量武步前人而已，不會成為領導潮流的開山祖。一些傳統學識豐富的作家又會基於民族自尊，不屑向外國人借鑒而僵化，梁羽生這些想法，足備開拓者的質素。

雙峰並峙　光耀文壇

論及香港文壇成就，一定不能不說金庸。他們兩人光耀文壇，足以在華人文學史上替香港佔一席位。平情而論，若沒有金庸的出現，新派武俠小說的氣勢和波瀾壯闊的氣象一

作者與梁羽生鄺健行教授等午膳

定不及。套用俗語：一隻手掌難以拍出響聲來，雙峰並峙，更令人仰止。一九五四年初梁羽生出場，一九五五年金庸的首著《書劍恩仇錄》也在《新晚報》刊出。梁羽生確是始作俑者，但從日後看來則是先後腳步。梁羽生說自己的作品是「小孩子」，金庸的則長大了。

金庸怎樣「長大」呢？是他對自己的創作從不停步，不斷地向自己挑戰，鞭策自己。金庸更具前瞻開拓性的地方是善用武俠小說的體裁，開拓武俠小說的領域。金庸把武俠小說造成外衣，藉此創作多方面類型的小說。金庸的《書劍恩仇錄》是歷史小說，《神鵰俠侶》是愛情小說，《倚天屠龍記》是偵探小說，《笑傲江湖》是政治小說，《鹿鼎記》是傳奇小說等等。金庸在多年的寫作中不斷突破自己，不重複自己的創作路子，這是金庸比梁羽生更聰明之處。他寧可後來不斷修訂，卻是後話。

梁羽生的長才除了寫武俠小說，也精於傳統的詩詞創作，亦是奕棋高手，晚年更沉醉於對聯的創作。他給予人們的印象是個翩翩十足的中國名士。筆者曾和梁羽生同席共膳共話，謙謙儒雅君子。他不會像筆下輕狂的俠士嘯歌，但會不會長飲放浪一下，至今仍在思索中

註釋：

梁羽生曾在二〇〇一年十一月二十五日於香港浸會大學舉辦的「梁羽生先生武論俠會」中發言：披露何以當時他和金庸的小說被稱為「新派」，「新」字是因為小說出自《新晚報》的原因。筆者確信當時有這種情況，但不知因由的人也樂於稱他們的作品為新派，卻是基於和粵派及以前武俠小說的分別。

文壇奇俠話倪匡

倪匡是香港著名作家，據說在香港能搖筆桿寫稿賺大錢的只有金庸和倪匡，不知是否事實，但筆者相信極了。

倪匡倡議籌組作家協會

本人曾和倪匡有一臉之緣，但談不了兩句。那是八十年代，香港第一次有專業的作家組織，由倪匡、胡菊人等拉頭纜成立「香港作家協會」，金庸是名譽會長或名譽主席一類名銜，增強叫座力。當然還有許多知名的職業作家，在「作協」交誼的還有黃仲鳴、沈西城、林蔭、宇無名、西茜凰等等，黃仲鳴後來做了多年「作協」主席。沈西城早年著有《梅櫻集》，文筆洗練，沈西城至今仍有新作結集出版，健筆仍在，筆下生花。

當日「作家協會」入會資格要有單行本著述出版，或在報刊登載作品連續最少一個月。門欖說難不難，說易不易。當時在中區某名氣酒樓首次宴敘，記憶中百多人，盛況一時，乃香港作家群空前盛事。聽說「作協」是由《明報》專欄作家哈公建議的，可是哈公不久早逝，當不成會員。

當年文壇朋友拉我出席酒會，叫我入會。原來要會員介紹的。剛好倪匡在旁，朋友向他介紹我，他聽到名字，看我一眼，便在介紹欄填上「倪匡」兩字，跟着嬉嬉哈哈兩句，便掉頭而行，手裏拿着半盛美酒的酒杯到處和膩友打招呼。我看他還是半醉的，原來身旁有一位青春少艾攙扶着他，在陽盛陰衰會場中，更顯出他的特色出色。

與倪匡未見臉之前，原來他對我也有一點印象。曾在《明報》以沙翁筆名專欄「皮靴集」推介拙作《金庸筆下世界》，且一連三天。朋友說這比登廣告更有效，當時本人是新作者，這本小書幾個月後便再版，恐怕是倪翁之功。心中對他極為感激，但未有機會稱謝。想來大家都是金庸堅實護法，相知於心好了。

倪匡要求加作者稿費

盛傳倪匡老是感到稿酬太少，親身提出要求。查老闆對倪匡青眼有加，御准倪匡超前領取稿費，真相如何，未見人提及。倪匡是多產作家，能寫多類型作品，但倪匡大名，多令人聯想到他的科幻小說，且有拍成電影的。書中主人翁名衛斯理，讀來頗有無端之感。後來倪匡夫子自道，說有一天經過山邊一條小村，叫衛斯理村，便拿來作主角名稱，其思想跳脫不群，可見一斑。他給我印象是一名頑童，誰料是一名大作家？

《黑貓》出現，一鳴驚人

倪匡的科幻系列，第一本是《黑貓》。寫得神秘詭異，緊張刺激。許多科幻描述，又合科學情理，令讀者追讀之情，不下當時的金庸小說，可見成功之極。當日倪匡尚未在公眾視野露臉，朋友們在追讀之餘，均互相詢問，倪匡究竟是什麼人物？有人打趣地說，他是外星人吧？許多年後，朋友中竟爭辯《黑貓》的封面設計，反映對倪匡作品的重視。後來真相大白，原來此書印製多次，封面設計不同，當然賺了不少錢。

倪匡的科幻系列，叫好叫座，成為當日風靡青年流行讀物。吾友當年入息不多，卻買了一本又一本，據說有一整套。筆者因利乘便逐一借閱，可是讀了十本八本，興趣便淡下來。原因之一是故事默成公式，有時有跡可尋，有時天馬行空，夫子自道，未必自圓其說。而筆者思想日趨成熟，喜歡探討真實的人生世界，對科幻興趣漸減。另友對他的作品印象說故事開場極好，但收結草草，令他失望。雖然有些人都有這種說法，但圈子中朋友們仍愛讀愛談倪匡，可見他對時下青年的魅力。

不知誰說過，倪匡是「貨物出門，再不相認」，筆者則深信倪匡有這種說法。因有寫稿為生好友，同樣是這種寫作態度。他說每一隻字都是生財工具，格子換銀子，出門便算，那有工夫翻讀修繕作品？倪匡以作品產量多馳名，爬格子外還寫電影劇本，後來客串電影演出，更上電視，趕這趕那，怎能字字斟酌，結構周全呢？筆者實在替大作家倪匡可惜，他的才華無庸置疑，應留下刻劃時代，震撼文壇的傑作。縱然不能像金庸每部作品都修繕，也該拿一兩部自己稱心的作品陶鑄一下，方不負潛才。筆者總以為好作品應以質勝而非以量勝，質勝可以流傳後世成社會文化資產。

倪匡曾與金庸合作及代筆

倪匡可以隨時同時寫多類作品，除了科幻小說，他也可以寫《女黑俠木蘭花》一類社會奇情小說，吸引另一類讀者。倪匡也寫武俠小說，以岳川為筆名。《明報》後來周日加印《東南亞周刊》，隨報附送，以增加銷路。附刊中有一段金庸和岳川合著的武俠小說，便是後來的《俠客行》。當時大家不知道岳川便是倪匡。曾和朋友討論怎能合作寫小說呢？朋友說，大抵金庸起故事大綱，由倪匡執筆行文吧，此說順理成章。但現在想來，金庸大致修訂時把岳川的筆墨刪去了。

文壇上最為人樂道的是倪匡曾在《天龍八部》中替金庸續筆一段。此非文壇秘密，金

作者入選徵文比賽，右旁為倪匡。

庸曾公開說明前因後果。原來金庸赴外國出席會議，不欲當時連載的《天龍》斷稿，使讀者失望，便議由倪匡續筆。金庸還說倪匡寫完後要給董千里過目，需要時由董潤色一下文字。於是倪匡欣然揮就，寫的是丁春秋星宿派出場一段，阿紫刁蠻潑辣，行事率性任性。還有天竺惡僧腳踏巨蟒而來，讀來神奇有趣。筆者當日亦有追讀，頗覺為神來之筆。但當時讀者都不知道由倪匡執筆，因為倪匡不屑阿紫惡行，自出主意寫阿紫雙目被弄瞎。聽說金庸回來，對此新加情節不以為然，但只好將錯就錯，阿紫仍是雙目失明。過了許多年金庸修訂《天龍八部》時便把倪匡代筆一段刪去，說明不好意思把別人之作刊到自己名下，作為交待。

倪匡活像老頑童

回說金庸要倪匡寫後給董千里過目，怕是倪匡趕寫文字粗糙，與全書格調不合。其實倪匡行文流暢，略欠文采而已。筆者後來無意中讀到倪匡寫的《聊齋新編》，把文言的《聊齋》故事以語體文寫出來，文采斐然，不看署名不相信是倪匡寫的，頓使人另眼相看。

如今倪匡耄耋之年，胖胖如富翁，仍是嬉嬉哈哈的，活像金庸筆下的老頑童，筆者謹藉此文遙頌倪翁健康長壽，快活逍遙。

饒宗頤閒談高見

「每日一字」林佐瀚介紹我認識饒宗頤教授。當時我業餘替《星島日報》專欄寫訪問香港人物，林兄問我為什麼不寫饒宗頤。原來他是饒公的學生，他對我說饒公學問深湛，深不可測。我說饒公未必見我，他竟主動穿針引線，結果摸上饒府，見到大名鼎鼎的饒宗頤，想不到他竟對我這個小輩客客氣氣，如平輩朋友，我也放膽直言，毫不拘束。

林佐瀚介紹認識饒教授

在訪問前，也做了一些準備功夫，打聽一下有關消息，熟讀他好些著述。原來饒公早有潮州神童之稱。他的父親是當地首富，不少文人雅士，碩學之輩都寄住在他饒府家中，饒公幼年便沾染到這群碩學鴻儒的學問。加上天賦，盛名鄉里，十九歲便被廣州中山大學聘為教授。途經香港時不意染上重病，在港治癒後留港定居。不久顧頡剛在香港商務印書館工作，延為助手。當時三分天真，七分好奇，竟然問：「饒公，你豐富的學識，是怎樣得來的？」他說：「是看書，研究。」我失聲說：「香港那有許多好書啊！」「怎麼沒有？他們不去找，不看罷了！」饒公竟然有些動氣。我失儀失笑，有點尷尬。饒公怔怔望着我，瞬即寬容展笑，笑我無知吧！氣氛好得多。饒公訪問材料豐富，其他訪問稿只刊一天，饒公刊兩天。

在碩士班重遇

第二次遇到饒公是到澳門大學唸碩士，我的指導老師是羅慷烈教授，當年羅教授問我平日看什麼書，我說看武俠小說，他便叫我研究唐代豪俠。好友黎沃文精於書畫和印刻，跟隨饒教授讀藝術碩士，羅教授和饒教授是好朋友，他們一起赴澳指導碩士生。當時是兩位大教授一起上課指導幾個碩士生。後來有朋友說香港讀中文的大學生，有八成都是這兩老的徒子徒徒孫，不知這話說得對不對。

和饒教授混得最稔熟的要算是在《明報月刊》工作的日子。當時饒公不時有文章在月刊登載，饒公送來的文章古拙幽深，學術性很高。間中要為他的文章特別鑄字，例如廢除的古字和篆書一類。我們排好校好後還要親自送給饒公過目，免有差錯。每次都由我親自到饒府送稿，我亦善用機會逗引他談話，以長識聞。一次無意中和他說到印度教，他如遇知音侃侃而談，而我早年因著述多讀靡文開作品，因而還能答上一兩句，談得頗投契。我很詫異地說古來讀書人都愛研究佛教佛經，不說印度教的。饒公說以前住所樓上有一印度教徒，他仰慕中華文化，便和饒公交換學養心得，故而對印度教有深切的認識。

唐三藏說了一句不該說的話

饒公隨即對我說了一句震驚難忘的話，他說：「唐三藏做了一件錯事。」我為之大感興趣，說：「什麼？」饒公說：「他說過『外道之書不可觀』。」因為唐三藏說過這句話，後來的中國的知識分子縱有餘力便只研究佛經佛教，不會研究印度教、摩尼教、祆教、耆那教等等被當時視為外道的學問。饒公的確說得不錯，即使今日社會進步開放，我們對這些當時所謂外道的教派，其研究之熾熱，豈能與研究佛學相比？筆者多心，發覺三藏大師亦長於外道，在天竺辯經時輕易把外道說得啞口服輸，若不能「以彼之道，還施彼身」焉能如此？但大法師亦有說得對之處，一個人若精研佛學、又讀各種外道經典，人生精力有限，可能更一無所得。

一次送稿時和饒公聊天，說林佐瀚半夜起床如廁，發覺住在他對街的饒公半夜在翻書看書，何以如此呢？饒公說這是他的習慣，晚上九時入睡，半夜三時起床讀書。噢！原來這是他養生之道，確是高明之至。

他說他現在（七十多歲）仍常讀書，正研究巴比侖的楔形文字，又隨手在看似凌亂書堆中一拿便拿了幾本相關的書給我看一些圖片，有些好像不是英文的，他嚴肅地對我說：「巴比侖的泥板恐怕有萬年歷史。」我對巴比侖文化也很有興趣，說了兩句，我問：「為什麼要看楔形文字？」他點頭說：「要看的，要看的。」心想：饒公啊！不是想學盡世間知識吧。

饒公涉獵楔形文字

隔了十多年，我無意中讀到饒公著作的《漢字樹》，內容說及中國六千多年前半坡文化，有些符號是文字的先驅，其中有二十二個符號與西方腓尼基字母一樣。隨即又說這些符號，和史前巴比侖的符號如出一轍。這種論述，帶來一種推論，東西方文字符號原型出自楔形文字，向東走發展成象形文字，向西走發展成拼音文字。腓尼基字母是拉丁字之祖，拉丁字又是英文字之母，竟然有這樣的關係。我猜想這便是當年饒公研究楔形文字的原因。

饒公是一位嚴肅認真學者，在他認為證據未充分之前，不會輕易說出結論。我這種說法無異指饒公之口說中華文化與巴比侖文化的關係，但確有這種暗示。蘇雪林便不同，早在十多廿年前便著書說中華與巴比侖文化極有關係。關於半坡符號在考古上發現東西方相同，我在其他較嚴肅的古史著作中亦讀到。但作者只表示這個現象難以解釋而已。

一次我乘他不防，突然問他：「饒公，衛聚賢的古史考證是真的嗎？」他愕然之餘，深思想想，然後說：「這個人很奇怪，他說山西有甲骨文，原來真的有。」我想，怎麼你牛頭不答馬咀？後來年紀大了，才猜到他的用意，他偏近同意衛聚賢的考證。但以他的江湖地位，不能隨口虛泛的說出同意衛的觀點，何其高明！

自發說項　深感愛護之情

我最感激的是饒公的一句話。一次我送稿後向饒公說：「這是我最後一次送稿，我不在《明報》做了，」他忙說：「什麼，你不做了？要我替你向查先生（金庸）說說嗎？」原來他以為我被辭退，自動願意為我說情，既難得又令人感動！我說因移民辭職，順帶第三次請他寫幾個字送給我。他走入房間，拿了三幅長條來，讓我挑一張，讓我滿懷高興離去。

世事真玄妙，十多年後我在大企業任職，老闆和他是同鄉，又敬仰他，遇上饒公開書畫展，便叫我在畫冊上挑選好些作品捧場購入。我用心挑選多幀自己喜愛的，後來買入多少我則不知，饒公也不知這回事，這是最後一次和饒公沾上關係了。

饒公對後輩温雅有加，傾蓋如舊，一切恍如昨日。攀枝交往雖淡，然軼事亦足誌佐談。今悉饒公謝世仙遊，福壽全歸。桃李成蹊，著述如林，光照後學，遺澤人間，饒教授真無負此生。

胡適白話文忽略文言

胡適一生言行和事業複雜繽紛，本文則只談胡適推動語體文（下文配合胡適稱白話文）的功過得失。如今事過多年，和當日距離遠一點，事情反而可以清晰一點。

胡適一八九一年生於江蘇，十九歲獲庚子賠款名額留學美國，先修農科，後轉至哥倫比亞大學讀哲學，他通過博士答問後即應蔡元培之聘回北京大學任教。胡適一九一七年在陳獨秀主編的《新青年》發表〈文學改良芻議〉，引起學界文化界以至整個社會極大回響。其後並作為《新青年》編輯之一，推動白話文寫作。一九一九年發生學生主導之「五四運動」，胡適與陳獨秀等人主張向西方學習，徹底摒除舊禮教的桎梏，推動白話文文學，揚棄中國固有傳統文言古文，掀起文學改革狂飆。

白話文的文學革命

胡適以北京大學作為基地，發動一場席捲全國的新文化運動。胡適認為「文言文是半死的語言」，中國「中古以後的語言工具已經不夠用了」和「只有用白話文寫的文學才是最好的文學和活文學【註】。」一九一七年〈文學改良芻議〉刊出後，在中國文化界引起極大的反應。他主張文章八大建議為：

一、須言之有物。
二、不摹倣古人。
三、須講求文法。
四、不作無病呻吟。
五、務去爛調套語。
六、不用典。
七、不講對仗。
八、不避俗字俗語。

從八大建議中，可見針對尸居餘氣的古文學（古文學中當然還有許多精萃作品），呈現一種新氣象。當時除了《新青年》為白話文鳴鑼擊鼓外，北大一些成熟的學生如傅斯年，羅家倫、顧頡剛等人發行一份稱為《新潮》的學生雜誌響應。一九一九至一九二〇年兩年間，全國大小學生刊物約共四百餘種，均以白話文撰寫。一九二〇年北京政府教育部正式通令全國，國民小學第一二年級教材，必須完全用白話文。一九二二年以後，所有小學教材都要以白話文為準。至此，胡適推動白話文之文學革命，可謂素願以償，十分成功了。

白話文早有淵源

胡適推動白話文，當有其背景。胡適在人生學習求知欲最旺盛年齡到外國求學，接觸到當時美國最優秀文化，再回顧當時中國，無論國勢或清末文學氣氛，已成強弩之末，清代科場重視的八股文更顯出僵化無力。他在外國見到英語講寫如一，便感到中國要以洋為師，文學革命要摒棄舊文化，提出著名的「我手寫我口」的口號。認為寫文章一如英語口筆如一，才能振奮國民，國情才能改進。

胡適說新文學運動古已有之，唐代韓愈提倡以散文代替韻文寫文章，便是早期的文學革命。西方中古時期失去活力的「死文字」拉丁文影響胡適，深信「文言文是半死的語言」，應受時代淘汰。所以在提倡「新文學」白話文之餘，不忘大力鼓吹打倒舊文學。

胡適認為元代已興起白話文學，元曲是普羅大眾在不知不覺中完成的白話文學革命。他說中國文學之復蘇，得力於戲曲和白話小說。施耐庵、曹雪芹的小說和不少明清小說，都以當時的白話入文。大受歡迎的小說如《三國演義》、《西遊記》、《紅樓夢》等小說早把白話文的形式標準化了。

胡適的改良文學態度是理性的、尤其是較後提出為學主張，切中時弊，時至今日，社會上可見文章九成九都用白話文。胡適高瞻遠矚對中國文化的貢獻，實媲美唐代韓愈文起八代之衰，其貢獻令人敬仰敬佩。不過，今天看來，不免仍有失着之處。

「我手寫我口」非完美指標

胡適推動白話文，首先喊出「我手寫我口」，和「文語一致」的口號，希望和英語一樣口筆一致。在說北京話的人看來沒有問題的，不過說粵語的人便不能我手寫我口了。因為書面語「我們」粵人說「我地」，「吃飯」說「食飯」。其他省份說方言的人，也遇到同樣問題。筆者早已撰文應改為「我手寫我心」了。即使有人能「我手寫我口」，文筆卻常顯得淺露。

因為中國文和語的結構，基本上不可能一致。我國自有甲骨文算起，流傳後世的文牘，文字比語言精要得多。古代文牘收藏不便，求精簡。更有時代原因，是書寫的物料珍貴，鑄蝕的青銅器，書寫的縑帛或竹片，都希望下載的文字愈精簡達意愈好。文言古文的表達力和精要、比語言更有深度和技巧。古語說：「樹欲靜而風不息，子欲養而親不在」，試用語言或白話文寫出來，便知道古文的精要可愛。

胡適，陳獨秀、魯迅、甚而後輩傅斯年、顧頡剛、朱自清等較後期的文人，寫白話文沒有問題，但再後兩三輩的文人，白話文章便大不如前輩了。有些文章顯得空疏，詞彙貧乏；有些文筆纍贅蕪蔓，不能言簡意賅；更多歐化句語的出現，顯然有人走了彎路。說到文采昭然的文章，更是百中罕遇。

打倒文言文是錯失

何以出現這樣情況呢？當時不知原因，現有看來，道理十分簡單，因為胡適一輩文人、是讀文言文出身的，寫白話文是解放，沒有出現大問題。較後一輩朱自清等人，也是讀文言文成長的，再後三四輩文士，缺乏古文行文修養，毛病便顯露出來。能習文言文，好比學武先學紮馬，馬步穩了才耍功夫，招招得心應手。後兩三輩的文人，文言文讀得較少，根基較弱，沒有「紮馬」功力，功夫便虛浮了。相信這個問題，胡適和當時推動新文學大旗手陳獨秀等人都沒有注意到。

不知是否求成心切，胡適有點痛恨文言。他推動白話文運動時把文言推到白話文敵對的位置上，要打倒文言文。他能被保送留學外國，筆者不會懷疑他的文言根基。但顯然他對文言的功用認識不深。《胡適口述歷史》作者唐德剛在該書注釋說：「我國文言文字千年以來一脈相承，是本國本土產生的應用文字，有血肉相連關係。孔夫子二千五百年前說『老而不死是為賊也』是文言、還是白話呢？『床前明月光』、『車如流水馬如龍』是死文字？還是活文字呢【註】？」胡適推動白話文有功於世，但呼籲打倒文言，痛恨文言，未免是一種錯失。若把我國文言古文和拉丁文並論，更是大錯特錯，因今日文言文仍流着鮮活的血液，許多詞彙及意念常出現今日文章中。

文言古文是國寶

學習語文最便捷的方法是背誦，筆者有幸在十一、二歲時，在嚴師教導下已能背誦全篇數百字的〈阿房宮賦〉、〈弔古戰場文〉、及長篇唐詩〈琵琶行〉等逾十多篇古詩文。老師叮囑背默，錯或漏一字扣五分。此說並非炫耀自己特別聰敏，而是全班八九成同學都可以辦到，事在人為而已。很奇怪，筆者認為只有古文古詩詞，才適合背誦。今日的教育若然要學生背誦，課本只有白話文，便沒有值得背誦的素材。文科而沒有背誦的學習過程，學子的語文水平應聲而下，早在預料中。這情況相信胡適也忽略了。

寫白話文而沒有文言古文基礎，文中詞彙便貧弱，高手極其量只是文筆暢順，文采大都欠奉。古文除了行文佈局、結構，用詞用字值得我們學習之外，更帶有幾千年來中華文明的智慧和文化精萃。學習古文能拓展學子視野，啟迪思考，增強我們對民族自豪感和愛國心。筆者認為今日國文教育，小學最少學習二三十篇古詩文，中學五六十篇。前人留下兩部易見易得的寶書，一是《古文觀止》，一是《唐詩三百首》，取其內容作課文便可以了。

結語

胡適倡導文學革命，使人忽略文言古文的價值，是其缺失，但今人可以為之補缺。他促使白話文在今日社會流行，是其不可磨滅的功德。因白話文廣泛普遍的應用，間接幫助我國掃除了一半以上的文盲，功勳卓越。所以筆者仍認為他是個文化偉人，希望沒有過譽。

註釋：《胡適口述歷史》第七章及第八章。

蔡元培教育之光

小學的時候已聽到蔡元培大名，說是位教育家，卻不知道什麼是教育家。十四五歲時到夜校修補英文，老師聽到同學說英文難學，隨即說：「蔡元培四十歲時才到德國學德文，不是比你們難許多嗎？」四十歲才學外文，聽後敬佩之情油然而生。原來這對蔡氏而言不過小菜一碟，他的學問、他的抱負，他的人格，卻偉大得多。

早幾年聽說有些青年到香港仔永遠墳場找蔡元培墓地，結果找不到，失望而回。這批青年的學問也太差了，他們當然找不到，因為他的墓碑不是刻上蔡元培三字，而是蔡孑民，怪不得白行一遭了。

學貫中西　文武兼備

蔡元培年青時早已聲譽鵲起，而當了北京大學首任校長之時，更是名滿天下。當時中國名士學者多如繁星，何以蔡元培能領袖群英呢？原來他學貫中西，抱負、眼界、魄力、骨氣旁人更難以比擬。不說不知，許多人都想不到蔡元培竟是舊社會科舉制度下的翰林進士。蔡元培是浙江人，十七歲時考取秀才，二十二歲中舉人，二十五歲經殿試為進士。一九〇四年三十七歲，時仍為清朝，他在上海組織光復會，投身革命活動。更令人難以置信的，蔡元培竟是民初革命志士組成的暗殺團中殺手（汪精衛亦是其中一人），實匪夷所思。此事少人提及，但近代史上仍有零星記載。

蔡元培一九〇七年四十歲，在駐德國公使幫助下到德國柏林讀書，聽課研習美學、心理學、哲學等學科。民國成立後，回國任南京政府教育總長。後來不願與袁世凱政府合作辭職，四十六歲時赴法國研究學術，期間編撰哲學美學著作。一九一六年回國，接受任命為北京大學校長。

除舊立新　刻劃時代之大學

人論蔡元培事業最大成就是建立北京大學期間表現舉措。先是他把一所暮氣沉沉，因循陳舊的京師學堂、改造成煥然一新、學術兼容、與時俱進的最高學府。蔡元培還推行男女同校，倡導平民教育，在當時守舊社會可謂石破天驚。他聘用學者不宥門戶之見，只要學有所長，都能破格錄用。聘用當時受青年歡迎的刊物《新青年》主編陳獨秀為文科學長，又用胡適、錢玄同、李大釗等新派人物任教；倡導學術民主，思想自由，使北京大學成為新文化重鎮，風氣帶動全國學界呈現一片朝陽勃氣。蔡元培其實因受到北洋軍閥信賴才得以為文壇祭酒，但蔡氏既得其位，卻高呼「教授治校」，堅拒軍閥政治勢力入侵左右校政，同時勸勉學生讀書是為求學問，不是求當官。振聾發聵之聲，為學術人才指引出康莊大道。當時北洋政府竟無一微詞，相信亦為蔡元培學問和人格，高識遠矚所敬佩。

對學生愛護及無奈

一九一九年五四運動旋風陡起，由北京大學一校行動擴至全國風潮。由於北京學生感到日本軍國欺負我國太甚，於是罷課上街抗議。不料發生火燒趙家樓，毆打官員粗暴行為，部分北大生即被當局拘捕。蔡元培即以校長身分，向北洋政府交涉，說：「學生之行動，為團體之行動，即學校之行動，只可歸罪於校長，不得罪及學生一人。」並說：「被捕學生的安全，是我的事，」要求釋放學生，願以一身抵罪。結果這批學生全部釋放。國事頽唐之際，蔡氏對學生的愛護，更見到他的風骨和擔當，感人至深。

當年學生運動與校長親身奔走，關懷備至的事件，這只是上集，後來如何呢？原來當日學生上街抗議行動得到不少民眾支持，感到自己乃正義之舉，事後又獲釋，於是變本加厲，衝擊法治社會，頗有無法無天之勢。蔡元培卻明言學校是學生安靜求學地方，不要把複雜的政治問題帶進校園。

蔡元培其實曾反對學生激動示威，認為學生若要救國先讀好書，莫為理想衝昏頭腦妄為。曾一度站於北大校門，阻止學生出外示威。但學生情緒激動澎湃，又受到外界稱讚鼓舞，嘗到力量之甜果，氣燄狂張。蔡元培好言說盡，未能抵禦學生時代衝動的狂潮。後來眼見學生成脫韁之馬，無法勸喻，於是無奈說出一句：「殺君馬者道旁兒」，無奈離開嘔心瀝血一手創新的北京大學。

這是下集，一個失意失望老人的故事，較少人提及。

偉大的教育理念和五育

蔡元培是舊社會的進士，當無人懷疑他那深湛的國故學問；其後他親赴外洋，潛心學習西方現代知識，好學不倦，具國際視野，學貫中西。他對新時代國民教育至為關切，除在北京大學推行新學體制，還提出許多教育理念。他說：「教育是國家興旺之本，是國家富強之根基。」提出「救國不忘讀書」的名言。

蔡元培之墓

蔡元培對教育的重視和用心，素為士林敬重。他提出「五育」並舉，為超時代之卓見。五育即德、智、體、群、美。國人自古只重視德育和智育，但體育、群育和美育卻鮮於道及。群育即培育合群的個性，善與人和，不自私自利，即今日倡言之團隊精神。體育今日人人知道重要，卻沒有他說得的徹底。他說：「人的健全，不但靠飲食，尤靠運動。體育可以幫助人們對體力和腦的鍛煉。」指出「健全的智慧，寓於健全的體魄」的概念。

蔡元培把美育推至前無古人的品位。他說：「美育，所以陶養吾人之感情，使有高尚純潔之習慣。」「美育者，以圖德育之完成者也。」以今天話語，意即美育教育，能欣賞萬物，陶冶性情，培養一個人有高尚情操。今人多以為美術藝術，只是美感優劣，而不見美育有潛移優雅性情作用，使世界更美善。

蔡元培與香港的緣分

一九三七年七七事變後，蔡元培前往香港，聽說曾暫住商務印書館臨時宿舍，後來家人到香港，租住九龍柯士甸道。他在居港期間仍然心繫國事，平日深居簡出，多是閉門讀書。一九四〇年三月初，蔡元培失足摔倒。五日早上不治，享年七十二歲。葬禮在港舉行公祭。據說致祭時極為哄動，學校及社團人數達萬餘，可見社會人士對蔡元培的哀思和敬仰，同年安葬於香港仔華人永遠墳場至今。

蔡元培自稱孑民，孑民何意？孑為粵語「蚊滋仔」之意。何其謙卑？蔡氏一生智仁勇兼備，一生為培養國家元氣努力，一生獻身於教育，稱為現代教育之父，當之無愧。今一代偉人，生逢亂世，埋骨香土，乃香港之光。

衛聚賢巨著無人問津

衛聚賢巨著《中國人發現美洲》內容有美洲發現的中國文字，發現大量中國特有花紋古物。古代中國人所知道的美洲植物、動物和礦物，古代中國人知道的美洲風俗及地理，亦涉及古人曾到美洲者。

古代中土與美洲關係密切

衛聚賢產生研究古代中國人與美洲關係，起自見到《春秋》載：「戊申朔，隕石于宋五。是月，六鷁退飛過宋都。」的一句話。衛老知道古代能後退飛的鳥只有獨產於美洲的蜂鳥。鷁，即蜂鳥，春秋時蜂鳥何以從美洲走到亞洲呢？研究之下認為商代逃到美洲的殷人後代乘船返中土，欲拜見宋王（宋奉殷祀），見不到王而把帶來的貢物蜂鳥放了。宋人見此奇鳥而記下，魯人抄錄而記於《春秋》，衛聚賢因而展開此課題追尋研究。今摘錄該書幾點犖犖大者以饗讀者。

＊南美秘魯山洞中發掘出銀鑄女神像，頭戴向日葵帽，座下一隻龜若干蛇，左右手各提一牌，牌上鑄着「武當山」三字。由字體判斷是六朝文字。

＊《禮記》有「前朱雀而後玄武，左青龍而右白虎。」玄武是龜蛇合體，是北方神。

＊美洲發現中國饕餮花紋、雲雷紋。

＊秦代半兩錢在秘魯出土。

＊墨西哥出土陶器有「凡」，「亞」，「雨、水、月、目」字。

＊愛斯基摩人象牙飾物有「五、七、十」中文字。

＊《南史》說到扶桑（墨西哥）「其地不貴金銀」，梁元帝碑有「銀闕金宮出於瀛洲之下。」《道藏》說「東海扶桑」是「金簡刻書」。古代早知美洲盛產黃金白銀。

＊衛文指出向日葵、玉蜀黍、馬鈴薯、番薯、番茄、南瓜、落花生等植物原產地是美洲，先後期傳入中國。

衛聚賢更早著述《中國人發現澳洲》

原來衛聚賢著述《中國人發現澳洲》更早，筆者後來無意中購得。該書自序說：「從

167種古書中，搜集材料共分30章敘述。」《中國人發現澳洲》中說及上古人對地球大小觀念。最早提出地球大小的是春秋時陰陽家鄒衍，他首先說天下分九大州。陰陽家著述早失，惟《呂氏春秋》與《淮南子》有錄下大九州方位名稱。「東南神州農土、正南次州沃土、西南戎州滔土、正西弇州並土、正中冀州中土、西北台州肥土、正北姊（原字女旁作三點水旁，植字無此字）州成土、東北薄州隱土、正東陽州申土。」《論衡》說：「鄒子之書謂天下有九州，非禹貢所謂九州也。禹貢九州，所謂一州也。」即以當時中國地域而論，天下有八十一州。

衛聚賢再引佛經《俱舍論》談古代天下。說梵書以須彌山為中心，天下有四大洲：一是東勝神州，二為南瞻部州，三稱牛賀州，四是北拘盧州。衛說印度以喜馬拉雅山為須彌山。四大部洲其實指四大文明古國。四大部洲以須彌山為中心。中國在須彌山東，是東勝神州。瞻部是「身毒」、「天竺」之轉音，南瞻部州指印度。西牛賀州，牛賀是「尼羅」轉音，在須彌山西指埃及。北拘盧州，「拘盧」，音近崑崙，指巴比侖，因其地北於印度。「東勝」，是「秦」的合音。

衛老說印度古詩摩訶婆羅多中已有「支那」一詞，有人以為是「中國」，或「秦」之轉音，其實重音在「那」，「至那」是「夏」之合音。「摩訶」梵語「大」之意，摩訶支那即大夏。

見《大唐西域記》載：「大唐國……印度所謂摩訶至那國是也。」而「赤縣」亦「秦」字合音。「震旦」則指漢，梵書亦有「摩訶震旦」一詞，即大漢。外域古人都把朝代名稱作中國之名。

衛著缺乏學者響應及鑒賞

中國人早知南北極。衛聚賢引古籍所載，指古人已到南北極。《淮南子》載：「南方有不死之草，北方有不釋之冰。」《周髀算經》載：「北極左右，夏有不釋之冰。」及「北極之下，不生萬物。」《舊唐書》載：「骨利幹處幹海北……其地北渡海，則晝長夜短。日入烹羊脾，熟，東方已明。」上文說有人到北極圈內，日落天黑煮羊脾，當羊脾煮熟，又已日出了，這正是夏季在北極圈的晝長夜短現象。

衛老說魯國人到過澳洲，以春秋日蝕紀錄為證，因未到過南半球，不能寫下這些紀錄。衛聚賢認為古人曾見過澳洲袋鼠。叫大袋鼠為「邛邛」，《呂氏春秋》說其貌「鼠前而兔後」，高誘注《淮南子》說：「鼠前，足短；兔後，足長。」《山海經．海外東經》說邛邛「各有兩首」，其實是大袋鼠裝下小袋鼠，見到兩個頭顱便說兩首。衛老認為有海客運袋鼠獻燕王，曾在燕繁殖。屈原〈天問〉有「何所冬暖？何所夏寒？」此問句其實旨在引出答案，即當時已知世上有南半球之地，寒暖與北半球相反。衛聚賢相信在西元前三百年有人到過南極及北極，包括非中土人士。

衛聚賢認為齊桓公曾往越南，於魯僖公十年在越南看到「南交」，知「日中無影」。再派人走到南極。因當時已知南北極，製出簡單天文儀器「璇璣玉衡」，故當時成書的《堯典》有：「三百有六旬有六日，以閏月定四時成歲」之語，與今一年日數，相差不多。

晚年赴台　生活拮据難堪

衛聚賢的論述何以不能得到主流學者的推崇及鑒賞呢？筆者認為原因是他的見論走得太遠、太前衛。他的學問涉及古籍之廣，包括許多儒家忽略之道教書籍《道藏》、佛教各種佛經及不惹人注目的佛教經典，兼且個人對甲骨文、金文的認識和研究深切。主流學者固然各有所長，但對於衛聚賢研究那門學問，認識不深不廣，當代名家在這方面難有與之並駕齊驅，避而批評月旦衛老是很正常。此乃學者自珍羽毛，無謂多口失言。只好讓衛著藏諸名山，或讓之沙土自埋了。

筆者購入《中國人發現美洲》後，逕自寄了幾百元港元（當時約香港文員月薪）到台灣總經銷輔仁大學出版社再購著述，喜獲衛老親筆回音。兩次通訊，禮貌周周，竟對筆者謙稱弟，一派古道風範。衛老說他移居台灣後，得有關方面指示，到某機構領取微薄救濟金。但翌月再去已領不到，說不發了。一個老人家初到貴境而徬徨無助，展誦來函，不禁使人惻然。他後來到輔仁大學兼課，「每兩周去一次，路上來回近五小時，真疲！」此後失去聯絡。他也沒有寄書給本人。想得悲戚一點，恐怕他連郵費也不便支付，或者，一個老人去郵局身體太勞纍，也不方便，時年八十六歲了。到了近年，才知道他高齡謝世。

衛聚賢在書中曾說找過幾個有錢人資助出版（中冊及下冊），結果回覆說曾送書給幾位教授看，他們說：中國人那有資格發現美洲？便不肯資助出版。他在後記寫下：「我能寫時不寫，是我對不起國家；寫下稿子不能出版，這是國家的損失。」悲哉斯言！

秘魯出土持有武當山字之神像。

蘇曼殊踏過櫻花第幾橋——談情僧詩人蘇曼殊

戊戌元宵過後春寒已渡，春霧迷朦，春雨綿綿之時，但見花枝搖曳，薰風醉人。忽然，想起蘇曼殊春雨樓頭的詩來。

春雨樓頭尺八簫，何時歸看浙江潮。
芒鞋破缽無人識，踏過櫻花第幾橋？

蘇詩以芒鞋破缽四字道盡命蹇時乖，春雨樓頭而配上尺八簫求食之音，正是當時詩人處境的反照。詩人慨歎當日相識滿天下，而今異地只見陌路人，無助之下心愴然。事事不如意，期盼的只是重回故土。

蘇詩此寥寥廿八字，寫盡異鄉人流落內心的淒酸。中間卻滲露與常人難望項背之雅興情才。近人寫古詩能酸楚直竄人心，殊為罕見。蘇曼殊此詩意境之高，感慨滄浪，哀而無怨，直追唐人之作。

情才並茂　自憐身世

蘇曼殊是位清末民初情才並茂的文士，曉通日文、英文、梵文。一九〇七年著成《梵文典》，且是第一個把雨果、拜倫、雪萊的作品介紹到中國來的人。他是一位詩人、小說家、翻譯家，更是一位畫家。他還有一個特殊身分，是中日混血兒，亦曾出家為僧，是個倏忽亦僧亦俗，多情嗜愛的人物。

蘇曼殊（1884～1918）廣東香山（今中山）人。原名戩，為僧時法號曼殊。父親蘇傑生原為與日本貿易茶商，有妻有妾。蘇曼殊為其日妾河合若子所出。誕曼殊後旋回日本。當時日人張牙舞爪覬覦中國，故曼殊母子均被視為外族，為家人族人鄙棄。蘇曼殊有着幽暗之童年，可想大概。

清末民初的熱血革命青年

蘇曼殊十五歲時赴日本讀書。在日期間結識陳獨秀、章士釗、廖仲愷等留學生，參加興中會中國革命團體。一九〇三年，俄國侵佔東三省，蘇曼殊即在日組織「拒俄義勇隊」。及後馮自由介紹他到香港找陳少白，因陳在港主持革命宣傳刊物《中國日報》，他想加入革命陣營，陳卻勸說他回鄉。

誰料他再出現人前卻已出家，在惠州削髮為僧，法號曼殊。他出家原因有多說，其一說是陳少白對他冷遇。亦有說他早心向佛門，先後三次剃度為僧，又三次還俗。第一次且在童年，因生活不快坎坷而看淡世情。蘇曼殊一九〇三年當了和尚後，旋至上海，結交革命志士，在《國民日日報》上撰發表文章。翌年南遊暹羅、錫蘭，學習梵文。後到蕪湖中學、安徽公學執教。辛亥革命後再回上海，發表〈反袁宣言〉，一派熱血青年風範。

翻譯及撰寫小說一紙風行

蘇曼殊在上海《國民日日報》連載翻譯法國大文豪雨果的《悲慘世界》，受到社會大眾的重視，聲譽鵲起。及後蘇曼殊寫自傳式愛情小說《斷鴻零雁記》，大受歡迎，並曾譯成英文，發行海外。其書序文有「於悲歡離合之中，極盡波譎雲詭之致。字字淒惻，但覺淚痕滿紙，讀之而愴然。」之語。此外，蘇曼殊加入革新派的文學團體南社，並在《民報》、

《新青年》等刊物撰稿，讀者眾多，名揚國內。

其實蘇曼殊寫小說並沒有太多寫作技巧，他以一種自我奔放的態度寫作。用詩、用散文的方法寫小說，作品濃郁的特色是小說裏有化不開的詩情，他寫作上的弱點，竟變成他個人特有的風格和長處。當日清末民初男女範籬逐漸開放，男女青年都追自由戀愛。蘇曼殊率性真情而又纏綿悱惻、哀傷落寞的作品如天降甘霖，使追求精神享受的青年男女如獲至寶。蘇曼殊一口創作了六部小說，但其文友郁達夫卻這樣說：蘇曼殊所有創作中，他的詩比他的畫好，他的畫又比他的小說好，即小說成就最低。平情而論，在今日社會，他的小說未必會造成如此哄動。

出家還俗　多情卻似總無情

蘇曼殊第三次出家後不到一年，又匆匆還俗。時為改革社會的熱血青年，慷慨激昂陳辭，為革命高呼；時而散渙頹唐，身披僧衣遁身禪房，在青燈黃卷中尋找慰藉。蘇曼殊為僧為俗之時，亦情才難掩，常集亢奮與憂鬱於一身。他有比常人更多旖旎的男歡女愛，生命中多嗔多怨，愛恨難捨。蘇曼殊多情卻似總無情，他的傷心初戀往事，賺人同情。

原來蘇曼殊十五歲那年去日本求學，在養母家時遇到日本姑娘菊子，一見鍾情。但蘇家知道後，卻問罪於菊子父母。菊子父母羞怒之下，在人前痛打菊子。結果，當夜菊子投海而死。少年的蘇曼殊初嚐人生美果，旋即令至愛橫遭逆禍，當然苦憾難填。蘇曼殊日後的縱情恣欲，難免不與初戀無關。

情詩出色　無愧情僧之名

蘇曼殊在初戀悲劇之後，無論是僧是俗，名字不斷與名姝纏在一起，這大抵與他天賦多情而又在情場屢敗屢戰有關。他每每愛贈詩寄情，贏得情僧雅號。研究蘇曼殊的作家指出，他的情人多不勝數，有國內的，有海外的；有淑女，也有青樓女子。一個禪心入俗，自詡為「懺盡情禪空色相」的出家人，如此縱情不羈，教人驚訝。

蘇曼殊的愛情，每每在紅燭薰羅帳之後，都是酒冷羹殘，泣紅濺淚之時，因可能無復再會之期，只能長哭當歌。其實，蘇曼殊多情的背後，都是帶着無比的創痛，因為他既自憐中日身世，也沒有成家的勇氣，甚而沒有成家的經濟能力，傷盡佳人片片芳心。而然，蘇曼殊的舊體情詩，的確是動人之作。他寫給愛國女子花雪南的詩云：

綠窗新柳玉台旁，臂上微聞菽乳香。
畢竟美人知愛國，自將銀管學南唐。

另詩是把美人和佛心連在一起：

禪心一任蛾眉妒，佛說原來怨是親。
雨笠煙簑歸他去，與人無愛亦無嗔。

另贈佳人詩：

碧玉莫愁身世賤，同鄉仙子獨銷魂。
袈裟點點疑櫻瓣，半是脂痕半淚痕。

今年正值蘇曼殊逝世百年紀念，他生於中國動盪的年代，給我們留下傳奇的生命痕跡。他以三十五歲英年謝世，既為其哀痛，復為其可惜。其率真任性，行止不計前因後果令人費解。但無可否認蘇曼殊情才的確噴薄而出，在當日名家輩出時代自有耀目光華，璀璨閃爍於長空。

弘一大師是李叔同——

戀戀紅塵繁華夢，一覺醒來苦行僧

筆者八九歲的時候，老師教唱兒歌。有一天教唱〈驪歌〉，是送別朋友的歌曲。歌詞簡單古雅，聽來感受與別不同，許多年還留下極深刻印象。歌詞是這樣：

長亭外，古道邊，芳草碧連天。晚風拂柳笛聲殘，夕陽山外山。
天之涯，地之角，知交半零落。一壺濁酒盡餘歡，今宵別夢寒。

當時少不更事，更不懂人情世故，但悠悠歌聲中帶出真摯感情，卻有淒愴飄零之感。在長短句聲韻中，散發蒼涼氣氛，彷彿聽到幽幽的笛聲，掀出了不忍相捨的離愁，讓人百感交集。許多許多年之後，才知道這是清末民初大藝術家、大才子李叔同的作品，原名叫「送別【註】」。

天縱英才　藝術成就驚人

李叔同（1880～1942），學名李文濤，浙江人，在各項藝術領域都取得傑出成就，而且是民初時期多種西方藝術的開懇人。其涉足藝術領域之廣，造詣之深，至今仍無來者。李叔同留學日本，把西方繪畫經驗帶到中國，他是第一個實踐裸體寫生的繪畫老師，在當時仍是古舊的社會，開風氣之先。

在音樂上，李叔同亦有過人的成就，是早期運用五線譜作曲的中國音樂家。他是第一個向中國傳播西方音樂的先驅者，創作上述〈送別〉歌詞，歷經百年傳唱不衰。他著有《李叔同歌曲集》，對整個中國樂壇影響深遠。此外，李叔同亦是現代舞台劇的先鋒，掀起青年人醉心舞台劇演出的風潮，還親自粉墨登場演出，且曾在《茶花女》一劇反串女角，哄動東瀛。

翩翩濁世佳公子　遊戲人間

李叔同父親李筱樓是位進士，學問出眾，行善好佛。李父六十七歲時納十九歲的王氏為小妾，意欲得貴子為嗣。結果翌年誕下李叔同。五年後李父病逝，當時王氏只有二十五歲，受盡家族輕視欺凌。李叔同事母至孝，造成他內心孤零與蔑視世情的心結。

李叔同有極優厚中國文史根基。自幼熟讀各種名篇名著，如《四書》、《孝經》、《毛詩》、《唐詩》、《千家詩》、《古文觀止》。十三歲後讀《爾雅》、《說文解字》，又習訓詁學。十五歲讀《左傳》、《漢史精華錄》等等名著。相信今日許多中文系畢業生，所習文史功夫，未及李叔同當年一半。此外，期間李叔同尚隨名師精研書法，作品極有名氣。

李叔同當年讚賞康有為變法，康失敗後被目為康黨，只有攜眷奉母，居上海避禍。當時國事頹唐，李家分撥一筆豐厚的產業給李叔同，李叔同心靈無所寄託，他既才華洋溢，很快便與當地名士往還，共同沉迷舞榭歌臺，聲色犬馬。斯時多情多愛，揮金如土，愛流連花街柳巷，成花國紅人，過着不羈的五光十色貴介公子生活。

留學東瀛　潛才展現

他於一九〇一年入讀南洋公學，受業於蔡元培。後來蔡元培因維護學生自由風氣，憤而離校，李叔同亦隨師離校。一九〇五年李叔同東渡日本留學，在東京美術學校攻油畫，同時學習音樂，並參與舞台劇演出，為中國舞台劇運動創始人之一。

李叔同學成回國後，從事各種文教藝術工作。他在藝術學術方面的成就簡直令今人咋舌。除了上述的音樂、戲劇、繪畫範疇外，他的書法、篆刻、詩詞、歌賦，都名噪一時，而且享譽至今。他一生從事各項藝術活動，而且還教導了一大批優秀藝術人才。例如著名的豐子愷，潘天壽、劉質平等等，都是他的學生。

李叔同的妻子與情人

李叔同共有妻子四人，第一個是他的原配俞氏，十八歲時由母親安排結婚。第二個妻子名楊翠喜，是他的初戀情人。楊翠喜出身青樓，最後他放棄了這段戀情。第三個妻子名李蘋香。是李叔同出入聲色場所認識，她是一名有才氣的妓女，李叔同引為紅顏知己。及後李叔同到日本留學，和李蘋香分手。

李叔同第四個妻子是日本人，名叫雪子（也有說叫葉子）。他倆在日本一起生活了六年。之後，李叔同帶着日本妻子回到中國。先同住上海，後李去天津，但每周也有和日本妻子見面相聚。

遁入空門　平淡自甘

據說一九一八年一天晚上，三十九歲的李叔同處理一些俗務瑣事之後，把豐子愷等學生叫來，告訴他們自己要入山出家，過最簡陋的生活。出家的消息傳出去後，日本妻子趕來，在湖上見面相詰：「你出家後我怎麼辦呢？為什麼要我回日本？」李叔同只把手錶留給她作紀念，說：「你懂醫術，回國生活不難。」說罷，妻子失聲痛哭，李叔同在湖上煙水兩茫間輕輕泛舟而去，頭也不回。此後再無相見。

李叔同是個有才華的大才子，大藝術家。極受當時社會愛戴和追捧。但他在名氣至盛時毅然出家，使許多人惋惜。中年的李叔同突然忘情棄愛，在杭州剃度出家。其不戀子女、捨棄妻友，拒絕天倫之樂。心志之堅，未必無因。他何以如此狠心絕情？是家庭問題？事業問題？還是妻子問題？莫衷一是。許多人分析原因，仍然是懸案。

李叔同出家後法號弘一，過着極清淡刻苦的生活。弘一法師曾雲遊寧波，好友夏丏尊前往小旅館拜望，看到大師和其他僧人睡的被褥，內有臭蟲爬出，十分不忍。夏丏尊便邀請他到白馬湖春社暫住，只見弘一法師打開被褥，把破舊的蓆子珍重地鋪在床上，又捲了幾件舊衣服充作枕頭，最後拿出一條又黑又破的毛巾走到湖邊洗臉。夏丏尊想到當日他名滿天下，視錢財如糞土，今日如此，淚光盈眶，實在不忍，要替他換上新毛巾。弘一法師卻說：「還好呢！和新的差不多。」

嚴守戒律　一代高僧

弘一法師剃度之後，苦心研習佛法，自始至終以戒為師。每日過午不食，衣不過三，寒冬也只一件百衲。凡四體瑣事，洗衣縫補，全部親自動手。此後生活雖然清淡清苦，但內心還如同青年時代的灼熱。他明心向佛，鑽研《四分律》和《南山律》，是倍受尊敬的律宗大師，最終成一代高僧。

李叔同為僧之後謹守戒律，潛心佛法，但他一生沉醉的卻是書法。青年時致力於臨碑。他的書法作品有剛勁挺健、亦有瀟灑秀麗。出家後手書則變為超逸淡雅，晚年之作，愈加平易安詳，書法前後格調表現出絕對不同，恍如兩人手筆，可說個性得到徹底的改變。

悲欣交集　感悟人生

弘一法師縱然心竄紅塵之外，以青燈為伴，苦心修行，過着淡薄自甘的日子，惟心死還熱。想不到這位多情多愛的翩翩公子，實是熱愛生命，竟十分珍惜光陰，苦心修行，弘揚佛法。其佛學著述，同樣光耀禪心，為不可多得的一代巨著。李叔同的浮華世界；弘一法師的如來勝境，同樣燦爛光明。其天賦之高震懾入心，造化之奇，眷顧之甚，同樣羨煞有心人，結局亦使人驚歎。

弘一法師在六十三歲臨圓寂之前，寫下令人感懷的「悲欣交集」四個字。這幾個字可以看出他對死亡離世的態度。實則我們身處繁囂當世，戀戀紅塵，浮生若夢，為歡幾何？何嘗不是悲欣交集！

註釋：〈送別〉乃李叔同為譜外國作家樂曲而作詞，尚有下闕。曾為近代電影選為配曲。下闕為：「韶光逝，留無計，今日卻分袂。驪歌一曲送別離，相卻依依。聚雖好，別離悲，世事堪玩味。來日後會相予期，去去莫遲疑。」

楊衢雲興中會首任會長

二〇一一年三月十五日《大公報》「通識新世代」欄刊出容若老先生的文章，認為稱楊衢雲為興中會第一任會長不對。文首說：「二月六日晚上九時，商業電台講辛亥革命，有人說楊衢雲是興中會第一任會長」……。說這話的正是本人，本人既讀容文，不得不提筆以正視聽，承擔責任。

會長名分之疑

容文說：「孫中山創立興中會，在檀香山（夏威夷），不在香港。………興中會創立於一八九四年。到第二年（一八九五年）孫中山來港另設興中會，楊衢雲才加入。」從行文可見，容若明明知道當時世界上有兩個興中會，一個是檀香山興中會，一個是香港興中會。據容文說檀香山興中會無會長，是主席劉祥。然則稱楊衢雲是香港興中會的會長有何不妥？

作者出席楊衢雲事跡講座

容若認為既有檀香山興中會主席，香港興中會的楊衢雲便不能稱之為會長？這樣的觀念對不對？是否美國的獅子會有會長，香港的獅子會會長便不能稱之為會長？可見容文的謬誤。

容若先生不能否認孫中山先生是興中會的會長。孫中山是繼楊衢雲之後任會長，而楊衢雲之前沒有其他會長，所以說：「楊衢雲是第一任會長」，絕對沒有錯誤。容若認為說楊是第一任會長的說法是胡說八道，未免理據不足，難以服人。又何以解釋尤列和馮自由都為楊衢雲寫傳？而又都不為劉祥寫傳？

正如容文所說，亦如革命前賢尤列寫《楊衢雲略史》所說：當時選出的會長稱「總辦」，但讀歷史的人都明白「總辦」的身分地位便是今日所稱之會長。我們今日行文亦應以會長稱之，便更清楚明白。正如當日把 President 譯成「伯里璽天德」，在國家而言今譯「總統」，在機構而言今譯「總裁」。我們今日應說美國奧巴馬總統，而非說奧巴馬伯里璽天德。所以我們應說「第一任會長」，而非「第一任總辦」。

容文說：「該會一八九五年二月在香港成立時，並無選出領導人」。但行文不足數十字，卻說：「有人提議另選領導人」。究竟成立時有沒有選領導人？又為什麼後來會提議「另選」呢？可見前後矛盾，自掌嘴巴。

楊衢雲加入興中會的謬誤

容文說：「孫中山來港另設興中會，楊衢雲才加入。」這種說法不知何所根據？我讀到幾種有關史料，都是說孫中山先生來港，與楊衢雲攜手創立興中會，輔仁文社社員加入，成興中會的骨幹。一八九四年孫氏千方百計請託要見李鴻章，提出保皇強清計劃，卻可以第二年憑個人力量能在香港設立興中會，再招人加入？在此欲請教容若先生，請問所得資料，有沒有說孫中山先生携同多少人馬來港？帶來多少槍枝？帶來多少金錢來香港設立這足以抄家滅族的造反會社？然後叫楊衢雲加入？我們讀歷史不能單單讀到一紙片面文書，便深信不疑。應多讀其他有關文獻，旁證佐證，再審情度理推敲，才好定調說人家不對。

楊衢雲的催命符是史堅如因炸兩廣總督被捕的供詞。其中有句：「楊衢雲叫我做城內大都督。」曾在香港博物館展覽，則何能說楊衢雲非創始者革命領導層？楊亦因此被德壽買兇在香港行刺殞命。讀書人這樣輕忽責難別人，很難不令人失望。

百年前賢謝纘泰

今年辛亥革命百年紀念，香港和中國各地都舉辦不少紀念活動。在許多相關人物中，我們不能忽略百年前的港人精英謝纘泰。

謝纘泰原名謝贊泰，廣東開平人，在澳洲出生。他十七歲時拿着替他洗禮格林衛主教Bishop Greenway的介紹信踏足香港土地，不久便認識到許多香港上層社會的外國人物，使他後來進行革命事業時得到不少助力。

興中會第三號人物

謝纘泰於一八九〇年和楊衢雲、何星儔等當時知識分子組織輔仁文社，楊衢雲因年紀最長被推為領袖。文社由談文論藝開始，繼而評論政治國是，最後成為策劃革命的組織。謝纘泰對比他年長十歲的楊衢雲至為欽佩，一生追隨無懈無悔，為革命事業奔走努力。

一八九五年春孫中山和楊衢雲携手在香港創立興中會，楊衢雲被推為興中會首任會長，與謝纘泰的竭誠支持不無關係，而謝纘泰也成為興中會的第三號人物。

謝纘泰是興中會的領導層人物，擔當極重要的角色。在謀求外國人聲援及宣傳，製造革命聲勢上盡顯所長，做得有聲有色。由於他甫抵香港後即打開與香港政府管治層人物關係，更與當時港督卜力相處極洽，也認識不少議員和當時的社會賢達。又認識當時西報的編輯記者，爭取到他們的同情協助，使初生的革命事業在驚濤駭浪中破浪前進。

每次重大革命事件之前，謝纘泰都和香港報章和倫敦的《泰晤士報》等有影響力報章合作，製造良好的輿論環境。廣州首義起事前，像《德臣報》的 Thomas H. Reid，《士蔑報》的 Chesney Duncan 言論都力挺革命意識。《德臣報》的編輯和《士蔑報》的編輯竟參與起草興中會對外國列強的宣言書。一八九五年五月，謝纘泰撰寫的〈告光緒皇帝的公開信〉就在這些報章上發表，新加坡和遠東各報皆有報導，轟動一時。

人脈關係　盡顯所長

廣州首義五年後乙未年惠州起義前，洋人鑒於早一年義和團嗜殺洋人的舉動，對中國的民眾運動都有戒心。革命黨人遂借《德臣報》發佈惠州起義宣言，明確指出義舉只是反對清廷政府而非反對洋人，使他們放下心頭石。謝纘泰為革命製造輿論，人脈疏通、宣傳奔走之功，當時可說是第一人。廣州首義失敗，孫中山和楊衢雲都要逃亡，楊孫得以從容離港，也多得謝纘泰、何啟等人在港府中斡旋，也因謝纘泰在媒體大力宣傳革命，使楊衢雲和孫中山受到最輕微的離港五年之處分而已。

有人曾質疑謝氏在興中會的領導地位，何以他又不用逃亡？其實謝纘泰因在澳洲出生，持有英國護照，當時被視為澳洲人罕有的特殊身分，不會被勒令離港。當時港府亦喜見香港有精通中英雙語的華裔人士，這樣對香港華人社會的了解和溝通有積極的幫助。據知當時港府的態度是謝纘泰有輿論自由，但不能參與實際的反清行動。但話雖如此，港府中人其實對革命者同情，其後許多事態都證明此言不虛。

謝纘泰在楊衢雲、孫中山離港期間，是興中會的領袖。在楊衢雲被刺後，孫中山即自日本寫信給謝纘泰，言詞哀切，內容有：「所有楊君之友，自香港南北以及西方各路，請足下作主代寄為望，書難盡言，伏維惠照不宣。」之句，可見謝纘泰在興中會的地位。

蔣介石第二任妻子陳潔如在回憶錄中載：蔣介石欲命陳果夫用一百萬元收購一幀楊衢雲和孫中山於戊戌年在日本合照的相片。因楊昂然坐在前列，孫則站於後排。蔣認為此照有失孫之身分。當時誰人手持此張照片？正是謝纘泰。當時一百萬的購買力可比今日一億。假如謝為子孫日後優裕生活而出賣此照，興中會早期真相便被埋沒。但謝氏不為巨利所誘，照片得以流傳。楊衢雲當日地位因一幀照片而勝今日千言萬語銓釋，事件更反映出謝纘泰個人的稜稜風骨。

太平天國的餘波

據筆者揣度，謝纘泰的推翻滿清思想，早在澳洲的少年時代便孕育出來。原來謝纘泰父親謝日昌是太平天國部將，又是洪門長老。太平天國失敗後餘眾四散逃亡。謝日昌便是其中一人。一些人逃到澳洲，也有人逃到香港。姑勿論今天我們對太平天國的評價如何，但太平天國與清廷誓不兩立的血海深仇讀史者皆知。謝纘泰在庭訓面提下，早懷推翻韃子、驅除滿人，秉承父意的壯志雄心。

其實廣州首義招勇，很難說沒有太平天國後人參與，說不定這些人還是這次革命軍的核心。香港西營盤的東邊街、正街、西邊街，和第一街、第二街、第三街，規劃之整齊港島無出其右，實因太平天國潰敗後大量餘黨兵勇湧到香港，港府因而劃地設置，當時香港居有大量太平天國後人餘黨絕不為奇。楊衢雲後來被兩廣總督德壽買兇行刺殞命，謝纘泰領導的興中會發動第三次革命，史稱「壬寅洪全福之役」，打的便是「大明順天國」的旗號，結果也是失敗告終，謝氏亦從此退出政治舞台。

現在看來，打出「大明」、「天國」號召是一種倒退。但有人認為謝纘泰要借助太平天國後人的力量，否則招勇便沒有號召力，此舉實有難言之忍，看來也是成理之言。近人論辛亥革命，總是忽略太平天國對革命的直接和間接影響。

品格高潔　多才多藝

興中會首任會長楊衢雲的革命事業得助於謝纘泰良多，他若沒有謝纘泰的支持，便如失股肱。興中會的事業，也不能這樣的波瀾壯闊。謝纘泰不愛名利，忠於革命，不怕險阻，不辭辛勞，不畏強權，不受利誘，品格高潔。謝纘泰見到事之不可為，適時退出革命活動，但仍關心社會，關心國人。袁世凱稱帝之日，謝纘泰也發出怒吼呼聲。

謝纘泰生於一八七二年五月十六日，歿於一九三八年四月四日。其人剛毅智勇，多才多藝，於六十多年歲月中，在社會上作出不少傑出貢獻。謝纘泰是中國第一個漫畫家，早年在國勢頹危時繪畫漫畫「時局圖」，指出各國意欲瓜分中國的意圖，喚醒國人。當年極受社會重視，雜誌報章亦愛翻印介紹。今日亦是展覽會中備受觸目的作品。

謝纘泰也是中國第一個飛艇設計家，中國航空紀念郵票已收錄謝纘泰的肖像，郵票在北京有售。謝設計之飛航工具氣袋為欖形鋁製，艇面分列前、中、後，有直升車葉三，艇前後均設推進車葉。又英軍在熱帶地區所戴長尾帽，亦是謝纘泰發明。其理與客家婦女所戴頭頂通巨孔，邊繫裙布之竹帽同，因布裙遮掩，軍士後背心便不受熱曬之苦。

現在行銷香港的英文報章《南華早報》，謝纘泰是創辦人之一，當時譯稱《南清早報》，創辦目的在鼓吹革命。其家人云擁有謝纘泰名字的第一號股票，讀者在讀報之餘，很難會聯想到這份行銷香港的英文報章創辦者竟是百年前的香港人傑。

謝纘泰繪之「時局圖」

香港欠缺寫作舞台——香港應培養文學作家

在香港，自稱文學家的人可能不少，但能令多數人心服口服的卻不多。香港政府確實需要為港人培養文學作家。

六十年代文藝青年湧現

回想香港六十年代，社會大多數人仍停留在朝朝搵食餐餐清的年代，一間板間房多人居住，要和多位同屋共住排隊輪候洗澡。但當時青年人大多充滿朝氣，發奮向上。在六十年代中期，青年人群夥中，突然興起組織文社，像雨後春筍遍地而生。青年人愛在報章雜誌競投文章，各抒己見，各展文采。甚而合資出版刊物，派發同道，互相批評，互相勉勵。箇中情況，今日青年難以想像。

當時香港的報章雜誌，周刊期刊都闢有版面刊登文藝作品，歡迎讀者投稿。於是散文新詩、長短篇小說，各適其適，錯落其間。尚有不少評論推介文學藝術作品的文章，使青年新生代加深對社會了解，對人生境況的認識，是造成青年群眾充滿朝氣的其一原因。社會上各種各類文字作品，亦為明智之士，勞苦大眾，提供適時的精神食糧。鮮聞當日有說生活空虛的言論。整個社會大都勤奮向上，充滿希望朝氣。

這些現象的潛因及動力，固然值得社會學家探討，但最顯然易見的，是這些青年人有豐富的精神生活，在急遽煩躁的生活節奏中，什麼給他們帶來精神生活？筆者認為當時青年追求文學的氣氛影響至甚。

社會推動文學的重要

文體中詩詞又是否一定是文學作品呢？以新詩舊詩為例，只有創作出色的、具感染力而使人產生共鳴的作品方為文學作品，徒有形式而內容空洞拙劣的則非文學作品，因未達文學作品的境界。正因如此，社會很難培養出一個文學家。相比之下，認為培養音樂家、畫家，運動家卻比較容易。

既然剛說明文學家難造就，又要當局培養，豈非自相矛盾？非也非也！實情卻是這樣：便如我們難以培養出書法家來，但可以推廣大眾練習書法的風氣，既成風氣廣從，假以時日，久而久之便有書法家冒出來。在香港，能培養青年人寫作的風氣，若成時尚，久而久之便有大文學家冒出來。而帶動青年人寫作的風氣，又比冒出文學家更為重要。

今日香港　沒有寫作舞台

社會上青年人有所向望，更易賦有豐富的精神生活和積極的人生觀。六七十年代青年人的朝氣現象，正好為這種說法作為解注。今日香港青年為什麼不能一如當日心態追慕寫作呢？原因當然複雜，但核心問題只有一個，便是今日的香港，已沒有寫作的舞台。報刊雜誌已沒有寫作的園地供給青年人磨練，即使有優良的作品，無處展現，無法接受批評，無法接受鼓勵，無法得到讚美。嫩苗新枝，何來成長？

社會進步，網絡通訊發達，為生活帶來許多方便，但亦帶來前所沒有的代價。今日網絡文字五花八門，良莠不齊。由於社會新一代語文普遍低落，網絡上常見俗話俚語，文句多蕪雜，不能卒讀。而網絡文章更缺乏編輯把關篩選，內容偏頗極端，與昔日刊出大塊文章有雲泥之別。豈能提升今日社會青生視野與生活情操？

筆者從事相關文教工作多年，接觸一代又一代青年人，發覺其中具文藝寫作素養者大不乏人。可惜因香港沒有寫作舞台關係，一批又一批寫作好手，沒有舒展寫作的機會，大多半途放棄寫作，或心力轉注另謀發展，大好潛質的作家都恍如星沉月落，使香港寂寥的文壇長期只見默默的夜空。

增闢寫作園地及鼓勵文學創作

對於今日這樣富裕的社會，出現這樣不健康的現象，筆者倒有兩項建議，盼能矯正時弊。首先，借鑒當日報刊流行讀者投稿的辦法，開闢文學創作園地。由政府出資向本港三大報章各買入一整頁版面，每報各逢一三五其中一天刊出讀者投稿。甲報專登文學創作，如散文、小說、詩歌。乙報刊出評論推介文學作品文章，並作中外文壇消息報導，及中外文壇逸事。丙報專刊大學中學學生作品，鼓勵學生寫作。所有作品稿費從優，由政府支付。再公開招聘合約編輯審稿團，把編輯好文稿交由報章發表。當然亦可同時在網絡發表。如此持之數年，當有文壇新星陸續出現。

其二，鼓勵作者出版。凡具香港永久性居民身分證之作家，可向圖書館登記者。其著述書籍每被借出一次，假定獎勵該作家十元，年終結算申領。如被借閱一千次，獎金一萬元，諸如類推。因圖書館每次借出圖書均有紀錄，毋須花費行政經費，政府所費無幾，而益惠本港作家，鼓勵文教，極有意義。

如此移風易俗，所費不多。善行之心，如掬手取水之易，但求大人先生垂注倡議而已。

七十年代商業設計潮

前些日子朋友邀約參觀畫展，不意遇上幾十年未見、人家愛稱「邪叔」的王無邪，邀請他合照，勾起多年的往事。

醉心美術的青年期

筆者自中學開始即嗜愛美術，早年希望成為一位業餘畫家。中學畢業後，進了羅富國教育學院，也是選修美術。一九六六見到中文大學校外課程新班開課，叫「基本平面設計」，導師名為王無邪。雖然叫「無邪」，但總感到「邪邪地」，又使我想到《射鵰英雄傳》的王老邪。總有點功夫吧！便立即報讀。

王無邪赴笈美國　回港授課

後來和朋友談起，他告訴我，王無邪以前是畫新潮畫的，又好像發表過新詩，也有人說他以前跟呂壽崑學國畫。呂壽崑的國畫之前我看過，很喜歡他的風格，突破前人因循千人一面的格調，很有神采，可惜他中年謝世。聽說呂壽崑生前正職是在碼頭小輪收船費讓乘客過卡，很失意，但他的作品得到不少人重視。而王無邪則是剛從美國取得馬利蘭藝術學院藝術碩士學位回港，即把學識向港人傳授。

因筆者當時從未接觸過「美術設計」，上王無邪的課很有新鮮感。「平面美術設計」是基礎課程，原來我們視覺上的美感，有一定的美感認知，怎樣才符合美感的原則，王無邪上課時並沒有明示。而是在學員繳交作品時，逐一公開在堂上評述同學作業的得失，果然使人長知識，大開眼界。更會令人恍然大悟，「噢！原來就是欠了這一些！」或者「在這裏改良一點便很好了！」大家都感到充實學識了。

名師出高徒　帶動社會風氣

還記得「平面設計」第一堂作業是以四塊面積相同的黑色方塊鋪置在白色長方框內，要求造出美感。黑方塊的大小和形狀要相同，可自由設計。好抽象的題目，卻挑引起無限的構思。交功課的畫面不大，約是三十二開書本的長闊，僅可放下手巴掌的面積，設計畫在較薄的咭紙上。下周交作業時，見到許多同學設計得意料不到，十分出色。後來才知道不少學員本來便是職業設計師，在互相觀摩和老師提點下，得益不少。

課程完成後，我繼續報讀兩個王無邪的課程，隨之是「商業美術設計」和「色彩學」。商業設計課來了後來很有名氣的學員，名叫靳埭強。感到他很和氣，謙虛。說話不多，表現雖然不差，但卻不是當時最出色的幾位。記憶中他說在當時的「玉屋百貨公司」做櫥窗設計，原本是做裁縫的，但對設計有興趣。在學期快完結時，他獲得一個重要的立體設計大獎，同學便對他注意起來。他當時還未成名，隨之有一年政府採用他設計的鼠年郵票，名氣一夜響起來。靳埭強後來也有畫水墨畫，曾在畫展中與他碰面，聊了幾句。原來他的伯父水彩畫家靳微天是我中學的美術老師。

徒子徒孫眾多　成了業界教父

另一位出色的同學是呂立勛。我不認識他，也從未交談。只是王無邪曾讚賞他的作品，因此熟知他名字。呂立勛後來創辦了「大一藝術設計學院」，其中幾位導師也是當年設計班的同學。大一設計學院辦了許多年，在七十年代培養了許多新秀，有人估計累年學員人數逾千，對業界貢獻不少。

筆者嘗參觀「大一」學員畢業展，水準都很高，有優異職業水準。「大一設計藝術學院」的成功，一是香港社會經濟騰飛，工商業均需要大量設計廣告人才；二是當時大學與專上學院學額不多，有藝術天分的青年，都樂於學習甚而投身藝術設計行業。王無邪後來轉到

右二為筆者。王無邪站在中央。

理工大學（時稱工專）教學多年，他在我心中，無疑是香港商業設計的教父。

客觀健談　成就斐然

還記得當年上王無邪的課，回家時剛與王無邪同路，曾一起乘巴士。途中我告訴他間中有偏頭痛，他說有同樣問題，買德國某粉狀成藥吃。我怕麻煩沒有買，兩年後不藥而癒。再說王無邪教完「色彩學」後，轉為兩年的文憑課程。他寄了報名表給我，說明曾修讀的課程可以豁免。深思下因無意轉為職業，便沒有報讀。但不久興致又起，便報讀香港大學辦的兩年「設計與藝術課程」。學年每周四天晚上六時上課至十時，包括藝術史、素描、商業設計、商業攝影……

等等，課程頗為全面。因為後來興趣轉為文學，沒有學以致用。

當時香港大學尚未成立藝術系。主任導師是行內具國際名氣的石漢瑞 Henry Steiner。他在耶魯畢業，香港許多大企業商標都出自他手筆。聽說收費不菲，但在閒話中常說自己很窮，同學引為話柄。石漢瑞有一樣作品極受歡迎，原來他曾設計滙豐和渣打銀行的紙幣，人人喜愛。課程完結時，請來校外評審，原來便是王無邪。和他話舊，因為我不是出色的學生，對我已無甚印象，但健談如故，使人開懷。他在藝術界的貢獻，行內早有令名，但一般市民所知不多，有點可惜！

粵語是眾多香港人母語

聽說近日教育局小學中文教學資源網頁出現一篇〈粵語並非港人母語〉的文章，惹來不少爭論，毋寧說惹起不少人反感。在報章引述此中言論說：「**文章論述的母語應是民族共通的語言，而粵語雖然是漢語的一種，但僅屬方言，並不可能成為母語，故港人的母語應為普通話。**」上述言論，謬誤處處。真不知撰文者對中國深厚的文化認識多少？對中國文字和語言有多少研究，才把市井之言作專家身分來發表。

北京大學演講要翻譯普通話

一個研究中國語言文字的人，一個真正的學者，都會對粵語和粵語的重要性十分尊重、十分重視。試引筆者親身經歷。本人在二〇〇〇年前赴北京大學，參加幾天的「金庸小說國際研討會」，是眾多演講嘉賓之一，想不到卻遇到極尷尬的場面。當時在北京大學的講台上，嘉賓依次發言，在除中國人外，尚有日本人，美國人，以色列人等，這些外國人全部以字正腔圓的普通話發言。筆者在香港出生、在香港長大，三四十歲前從無機會接觸到普通話，雖然後來努力學習，也聽懂八八九九，但總不敢拿着講咪，在百多位學者面前大聲說普通話。怕的是惹起誤會，鬧出笑話。只有要求同赴北大的作家潘國森為我即場翻譯。

當我上講台時，先用粵語說兩三句，再由潘國森用普通話譯述兩三句。在場人士知道我要用翻譯，先是一陣輕鬆好奇的輕笑聲，隨即全場鴉雀無聲聽我的論文撮要。我把要說的內容減去一半，所以說得慢條斯理、響亮清楚，之後掌聲亦響徹會場，他們對不懂說普通話的中國人絕無歧視。其後記得有兩位女士發言，年輕的說：從未聽過粵語，楊先生說得抑揚頓挫，粵語很好聽啊！中年的女士則說：楊先生說不懂普通話，但潘先生說得也很普通啊！隨即惹來哄堂大笑，氣氛奇佳。只見潘國森傻兮兮的望着我，苦笑無言。我反而成了突出的講者，會後許多人和我交換名片，交朋友。

答問會以蹩腳普通話過關

因為進修的是中文，便考到中山大學讀博士。最後交了博士論文，還要通過由幾位學者組成的答問會這一關。五位學者中有三位是外省人，不懂粵語。當天一起參與答問會的博士生共有四人，旁聽的卻有八九十人。用粵語問我的教授，我用粵語答，用普通話問我的，我用蹩腳的普通話答。要一面答題，一面轉成普通話說出來，狼狽不在話下，說了也忐忑不安。最後他們離場商量，回來後由一位外省教授代表發言。他說：其實楊同學說的普通話我聽不懂，但不重要，因為我們讀過他寫的論文，一致通過他獲頒博士學位。在一陣掌聲和輕笑聲後，圓滿結束了這次的答問大會。

從這兩次經驗看來，無論南北有學養的人，都尊重說粵語的同胞。還有一點，是他們都讀過我發表意見的文章。這帶來了更重要的現象：是重要的訊息，我們都靠文字來溝通，而非光靠那一種語言來溝通。

凝聚民族文化和愛國精神靠文字

中國地大物博，歷史古遠，民族眾多，凝聚民族文化和愛國精神，是靠統一的文字。自從中華先民發明甲骨文象形文字，人和人的溝通便把語言和文字分家。一個人只要懂得二三千個中文字，既可以和說任何方言的人溝通，更可以和二千多年來中國的文人智者溝通，學習他們的智慧。有想到孔子的學生讀《詩經》，我們也可以讀《詩經》；蘇東坡和康熙大帝讀李白的唐詩，我們也正學習和欣賞李白的唐詩嗎？發明中國文字的人，把語和文分家的創見何其偉大！本人曾撰寫〈中文要學書面語〉一文，對這種道理，釋之甚詳。

香港回歸不久，一次在課堂上說中文分口頭語和書面語。口頭語又分母語和地方語，母語指母親原來的口語，如中山人說中山話，上海人說上海話，大部分的香港人說粵語（廣府話）。而許多時候，母語又和地方語重疊，既是母語又是地方語。突然，一個女同學起立反對我的說法。她說：普通話才是母語。我問：你根據什麼有這樣的說法？她說：學院的老師說的。我說：中國有許多民族，如住在偏僻山區的蒙古人、西藏人都不懂普通話，他們怎能對孩子說普通話？哪裏來的普通話是母語？蒙古語、西藏語的土語才是他們的母語。她無言以對，靜靜的座下來。

許多方言　正是母語

原來，有些人對「母語」一詞帶有誤解，那是對中國文化認識不深。前文引述某人所說，粵語**「但僅屬方言，並不可能成為母語，」是大錯特錯，因為許多方言，正是母語**。也曾在某場合聽到人說：香港人中文這樣差，因為他們不懂說普通話。言下之意，港人若懂普通話，中文便好得多？果然？然則北京六七歲小孩都能說流利的普通話，中文修養便很好了？市井之言，不足為辯。

在今日中國社會，普通話是一種極值得推崇、廣傳國人的一種言語，本人絕無輕視普通話之意，反而一向以不能說流利的普通話為憾事。但在學術研究立場而言，粵語比普通話的底蘊深厚得多。例如普通話只有四種聲調，沒有入聲，而粵語有九音，抑揚頓挫，有音樂之美。試讀王曇〈項王廟〉，用粵語讀才見鏗鏘。

君王如玉妾如花，君馬一走天下瓜；
赤蛇不死白蛇死，妾骨長埋垓下沙。
兒女英雄兩不足，水廟山煙吾來宿，
八千弟子大風來，父老江東到今哭。

詩詞多藏粵語字詞

唐代文化鼎盛，唐朝的官話【註】是粵語，許多詩詞均藏粵語用字用詞。例如：古詩「行行重行行，與君生別離。」行字，是粵語（普通話是走），杜甫：「朱門酒肉臭，路有凍死骨。」凍死，粵語。李煜詞：「問君能有幾多愁？恰似一江春水向流。」幾多，出自粵語。此外，以廣泛流通而言，普通話只有三百多年歷史，粵語有近二千多年歷史。本人在二〇一六年六月刊於《信報月刊》的〈粵語源遠流長，南方文化博大精深〉一文說之甚詳，說明粵語對中國文化影響深遠。今不重述。歡迎對此有興趣讀者翻閱。

說**「母語應是民族共通的語言」**是不對的，什麼是「應是」？民族共通的「話語」自古以來都是書面語，包括文言文和語體文。而**「港人的母語應為普通話」更不對**，相信連只懂普通話有識之士都不會同意。我們在推廣普通話之時，需要踐踏粵語作為必要的手段嗎？淺薄！

註釋：所謂官話，是封建時代官場及其近域流行的語言，普通百姓不懂不用。近人考據，漢代已有粵語出現，唐代官話是粵語，宋明是閩南話，清代是滿州話加北京土話，後來發展為今日的普通話。

二〇一八年五月七日脫稿

香港教育誤向三十年

本人在教育圈子有個奇怪的經歷，曾經教過大學、中學和小學，包括私校和津貼學校。曾經讀過義學、私校，官立中小學，教育學院、大學和研究院，當過前線教師和學校行政人員。對教育圈子感受良多。本文說教育誤向三十年，是籠統的說法。香港教育千頭萬緒，千瘡百孔，難以一一析述，談些核心問題，也許較容易知道究竟。

語文基礎訓練極其重要

何以說教育誤向呢？因為教育之目的、除了教導後輩基礎的知識外，還應教導立身處世的道理，而後者更為重要。近三十年來教育的走向漸漸偏近前者而忽略後者。想教育辦得好有兩條基本支柱，一是尊師重道，其次是施教上要循序漸進，可悲的是這兩種風氣愈來愈模糊，變得脆弱不堪。

一般學生的語文水平江河日下，當然有許多原因，但當局的政策實難辭其咎。小學語文初期應重視各類詞語的認識和運用，因為詞語是文章造句的磚瓦木石。筆者當年參加小學會考，學校除課本外，還學習大量詞語。包括同義詞、相反詞、成語、配詞、句序的認識和造句。老師說要學習一個詞語，除了懂得寫讀，還要懂得造句，要能清晰表達詞義。當時為了加深認識和便於記憶，難免常背誦詞語成語。其實背誦詞語和課文，是學習語文最簡單、最有效的方法。

筆者教學初年教授小學語文時也是如此，但後來視學官視學，對全體中文老師說，命題要取消造句，因為對學生太難了。考試測驗沒有造句，平日練習機會更少了。漸漸學生便出現不少病句和劣拙句子。後來，也不贊成校方考相反詞、配詞、和語序這一類題目，認為這類題目太注重記憶。結果學生語文能力應聲下降；又不贊成朗誦讀文。自始學校少有琅琅書聲，後來社會便出現不少懶音。這樣一變再變，結果幾年後學生語文能力普遍下降，能寫通順句子的學生愈來愈少。

教導法和考試的誤導

大概一九七九年，升中試改為語文測驗，變為數字推理與文字推理。文字推理的一些試題形式和格調近乎荒謬。例如分兩組，甲是紅色、綠色。乙組是荔枝、西瓜。能把綠色聯上西瓜，紅色聯上荔枝便得分了。這樣只要求認識字詞表面意思，再無探求字詞深度的學習。對運用語文更絲毫無助。另例是列出風、花、雪、月、影五個字，圈選出不同類的字。懂得風花雪月一詞便知道答案是「影」字，但其實這五個字每個都各有特質特性，例如月在地球以外，風是見不到的，只有花是有生命等等。考試的題目是學生學習的指標，如此形式考中文，學生何來有良好語文修養？此外，自推理測驗開始，公開試不考英文，一般人英語水平更自此大幅下降。

說到中學，把國文科改作中文科是嚴重失誤。這有什麼分別呢？中文科只是學習中文溝通和運用。國文科是中國文化的教育，教材和要求卻博大精深得多。內容包括道德教育，古來賢人智士德行和見解、處事待人的正確態度，正確的人生觀；還有愛人愛國愛民族的觀照，各朝各代文豪的手筆；詩詞歌賦美文的欣賞，都可以提升學生藝術修養和情操。這些內容大都刊載於古典文學教材之上，可惜的是當局對於這些中華瑰寶的教材年年遞減，竟有一個時期全部廢棄古典文言教材，引來有識者同聲浩歎。

再後，發現中文科的考試和教學重心又出現奇怪現象。見到一則問題，如問「光陰似箭，日月如梭」，哪一個是喻詞？明喻和暗喻有什麼分別？天啊！這些問題全答對了對語文運用有何進益？原來長時期教中文愛用分析理解文章文句，即使全部明白，也不能好好運用語文。

論「填鴨」歪風與學生壓力

香港學風不良，也不能全怪教育當局，還有家長和社會風氣使然。大約廢除升中試前後，社會人士總愛指責學校施行「填鴨」式教育和考試太多，鼓動改變。其實，指責者對教育觀念一知半解，只寄望子女在學校混混日子便好好地成長，帶着一身學問。天下那有這樣便宜的事？

「填鴨」被指責專重記憶力。「填鴨」塞填沙石，當然不當。但填充寶貴的學識，有何不妥？尤其是求學的基本功，不填塞學子的腦袋，難以上進。學中文，不熟稔字詞意義和書寫；學數學，不唸乘數表；學英語，不強記動詞表，不靠記憶怎可能好好學習下去？我們都知道在台上表演的藝術家，台上一分鐘，台下要十年功。奧運拿金牌出色的運動員，每一個動作都經過多年重複的苦練，承受不斷的失敗和挫折才成功。愛兒有所成就的家長，焉能奢望不勤於學習而滿腹學問？對求學時代子女鼓勵勤學，始終是正途。

再談考試壓力。其實考試並不可怕，人生都會遇到許多考驗，何嘗不是考試？到社會工作見工便是考試，其實談戀愛也是考試。記得以前上下學期都有一次大考，兩次小考。

一個學年至少便有六次考試，還有各學科年中多次測驗。比較現在，考試不可謂不頻密。可知正因為當日考試頻密，便不會感到考試壓力過大。這次考得不好，下次可以在試卷上再演身手。這與一年只有一兩次考試決定學業生死的確大大不同。

考試較頻，考試便成了習作。因為當年每次考試或測驗後都要做改正，不懂得做改正老師有責任教導指導，做改正才是重要的學習過程。做好改正，知識隨之增長了！當年的父祖輩如此，兄長輩如此，何以今日的學生不能承受？話說回來，考試的內容是學習的指引。考試的方式和內容，才是教育家最應注重求善之處。

年年升班制度是教育毒瘤

學生求學如果循序漸進，大概不會造成什麼壓力。求學感到壓力，因為香港教育制度對不少學生而言，是越級而上。筆者相信這是香港教育問題癥結所在。

香港教育制度嚴格而言是沒有留級的，年年升級，沒有留級對學習遲緩者便不能循序漸進學習。年年直升顯得學習得失不重要，更不用尊師，在某些學生眼中老師只是知識販子。他們不重道（重視學問），認為沒有學識未見得有什麼損失。支撐教育觀念兩條巨大支柱便這樣被推倒了。學生勉強升班，翌年面對更深奧的教材，學習更困難。一年如是，兩三四年都如是，上學成了畏途，學校生活苦困無助，便衍生姿采百出的教育問題。

學券制鼓勵勤奮上進

年年升班其實涉及教育經費問題，十二年免費教育如果有留班制極可能變成十七八年免費教育。但其實解決的原則也不難，法取乎中，取學券制，每個學生每級只准留級一次。十二年免費教育若只讀完中三，再讀便要自付學費。教育當局應再辦廉收學費的夜中學，作為制度上輔助，讓有志求學者有第二次求學機會，也歡迎在職者隨時入讀進修才對。留級會造成挫折，但這種挫折帶來更穩重的磨練。

為香港教育把脈處方——四處病患與三帖藥方

近四五十年來，香港教育成效一代不如一代。其實，香港教育曾有光榮的歷史，七八十年代前的中學生，許多人都成了社會棟樑，甚至不少人才取得國際聲譽。何以後來一般中學生的學能，紀律、道德操守每況愈下呢？當然由不同社會因素造成，但中學教育失敗，卻是主要原因。近四五十年來教育制度還不致徹底崩潰，還有少量英才出現，筆者認為這是部分學生還有良好家庭教育而致，乃不幸中之幸。

語文教育教的失誤

學校教育開始失誤，筆者認為一九七八是明顯的分界線。因為這年取消了升中試，以學能測驗代替。學能測驗只考數字推理和文字推理，文字推理只考中文，無須考英文，造成學生的英文基礎應聲而墮。而中文文字推理偏向文字認知而非文字造句，這是嚴重的錯誤。教學不重視文句組織，學生造句出現許多謬誤。

至於一般中學生的英文水平，一年比一年下降，聽說教署開始調整考生及格率的平均線，使公佈時不致太「寒酸」。年復一年，會考水平要求逐年降低，每年出現多個滿分的會考狀元。試想六七十年代，會考狀元全港只有一二個，驚天動地了，坊間引為美談。

直升制度遺禍最深

直升制是中小學校教育制度的罪魁禍首。連學能極劣的學生也年年升級，便滋生許多問題。老師失去昔日地位和對學生的約束力，師道模糊！現在讀大學好像也一定會畢業，學生也無須專心功課，哀哉！

為什麼年年升班呢？全因教育經費問題。大概是五六十年代開始的，當時政府的教育經費比今日緊絀得多，一間官立小學要分成上下午兩間學校，這樣可以省回多建一間校舍的經費。但十二年直升中小學怎能保證每個學生畢業時學能達標呢？明顯只是交待學生就讀數字，不顧學生質素而犧牲不逮者。

倡言愉快學習　姑息嬌縱歪風

學能不及者大都自暴自棄，人本來便有墮性，這些學生只在學校混日子。這時教育圈子有人卻高唱外國教育如何自由先進，要如何愉快學習，不要給學生壓力。三四十年來如此教育調子，學界便產生一種姑息嬌縱的歪風，簡直貽禍社會。須知道我們生活在今日社會，學校縱有壓力，還是最輕微的。我們要使學生明白世事不是唾手可得，理所當然的。為什麼我們的教育制度不能鼓勵學生勤於學習，一分勤勞，一分收穫？

重新編定中文課程

教育署多年來勇於淘汰古文教材，古詩文是否適合小學生誦讀呢？筆者認為只要選材得宜，是絕對適合。許多古詩文都是淺易的，有美感的。還有在古詩文中，包藏了許多歷史故事，名人逸事，自然知識，道德觀念。在教師悉心講解下，更能拓展兒童的視野，啟發他們的思考，培養他們欣賞優雅藝術情操。例如駱賓王的「曲項向天歌，白毛浮綠水，紅掌撥清波。」這美麗可喜的畫面和詩意，一二年級的學生都會明白。此外，一些宋詞、唐詩更有許多適合小學高年級的教材。至於四書五經，在選揀下不少亦可以讓小學生誦讀。

文言文是基本功

我們尊敬推崇孔子，但應更推崇《論語》。因為許多立身處世，做人的基本道理，都在淺白的《論語》對答中。如《孟子》的〈論四端〉，〈知言養氣篇〉，在五六年級可以教導。這些光明正大，放諸四海皆準的學問，小學階段學習比中學時才認識更能修身自立，其理智者自明。

對於文言文，並非每個老師都適合教導，教署宜開辦專科班予老師修讀，愈加深老師古文修養，學生愈見受惠。政府應聘請學者專家，重新編定教材，修訂中文科各級課程內容指引。充實學習中國文字、中國文學的基本功。考試內容最少宜有六成是曾教導過的內容，學生則更重視課文。

果斷取銷中學直升制度

建議學生在校方制度下，不及格不准升班，要重讀。試行時，一級留班比例最多一成。學生每年只准留級一次，十二年內政府提供免費教育，十二年後則須自資學費。不讀書可到社會謀生。藉此使學習能循序漸進，提高學能，重視知識的傳播。在今日社會要名成利就，高學歷並非唯一途徑。

學校行政要考高級教席

教署應設立高級教席，升任校長主任要考獲高級教席資格。建議由教育署主辦高級教席考試，教師滿一定教學年資（如五年）後可參加高級教席考試，考試及格後才具行政人員資格，資格可維持十年，逾期要重考。內容包括選科學識，行政危機應變處理，和社會常識。考試自由參加，每年（或兩年）舉辦一次，作為教師晉升之客觀條件，相信比較公允，更能提拔人才。現行之教師基準試應廢除，不必再製造學界笑話。

唐詩緣何橫空出世

唐詩是中國文化一大瑰寶。它孕育着中華民族那壯闊無邊的氣魄、瑰麗的想像力、和那淒惋柔情、淡雅古樸的心懷。朗誦唐詩更是聲韻鏗鏘、節奏明快，有一種痛快之感。即使是最深沉的感情，唐詩也可以藉着簡潔的文字，自然的音調表露出來、得到賺人共鳴的唱和。

唐詩的藝術成就

唐詩的藝術成是多姿多采的。唐代詩人善用精確的文字描繪出姿采繽紛的藝術意境：有雄渾壯麗、有慷慨悲涼；有蘊藉含蓄、有直抒胸臆；有繁華瑰麗、有辛酸哀鳴。有凝聚、有奔放；有雋逸、有淒惋。唐詩描述的人間故事，亦有眾多不同的面貌：有富貴榮華的社會、有理想政治的謳歌；有追求功名的赤熱、有蔑視權貴的自我；有人間苦難的酸楚、有雄豪吐志的驥望。唐詩的營造變化多端，一時間唐代天地中走出許多一等一的詩人來。他們都有真摯的感情和偉大的想像，共同起來諦造詩篇華章。何以唐代忽然間跑出這許多卓然不凡的詩人呢？

唐詩社會豐潤詩歌內容

唐詩的出現和流行，有幾個主要原因。隋朝既統一中國，文化南北交流日盛。先是六朝齊梁浮華詩風彌漫，隋文帝下詔屏絕輕浮文風。到了唐代，文人漸漸愛脫離浮艷。唐初魏徵、虞世南以歌頌昇平，箴規時政取代艷情閒愁，但內容不竟流於空洞，缺乏心底真情。及後初唐四才子王勃、楊炯、盧照鄰、駱賓王追求解放，標舉儒家精神，使詩歌從臺閣移到山川塞漠，甚而市井生活，以豐富生活內容充實詩篇，不自覺滲出建安文學傳統。

隨之陳子昂高舉建安風骨，突破儒家說教，反對詩的內容流於競麗的形式，主張詩的內容寄懷，要抒寫人生理想和慷慨意氣。他的詩充滿熱情、朝氣和活力，即使在政壇失意時也沒有牢騷，〈登幽州台〉之作仍是天高地廣，沒有傷怨，只化為悲涼之情。張九齡支持陳子昂之見，抒寫志士高節的追求。另作如〈望月懷遠〉則風格清雅，惋轉惆悵，都為唐詩開闢了以情韻取勝的格局。同期的張說，詩風剛健朗暢，志氣昂揚。

確定唐詩音律格局

南北朝時，梁朝讀書人沈約根據漢字平上去入四聲和雙聲疊韻、來研究詩歌中音律的配合，提出四聲八病說。王融謝朓等詩人又把這種規則和晉宋以來詩歌中排偶、對仗形式結合，創造新詩體。其時隋朝詩歌中一些已暗合格局。到唐初四傑，七絕愈見精工，漸漸促進律詩的定型。到了沈佺期、宋之問手中，律詩已嚴謹對密，在平仄，每首詩句數多少和用韻方面固定下來，成了明確的規範，成了定型基本的詩作體裁。其後歷代千年的詩人，都愛運用這種形式寫詩，產生許多傳誦不衰的優秀作品。

競作唐詩　事出有因

唐詩得以蓬勃發展，因當代帝主的喜愛。帝王和權貴（如張說、張九齡）都愛論詩獎拔寒素，提倡風雅。另一更重要原因是唐代科舉取士，寒微才子可以透過詩作而登朝堂，亦可以一鳴驚人，朝野傳誦。原來唐代科舉考試，按理必考五經。當時對五經解釋，以孔穎達著《五經正義》為正確。而當時士人背誦能力極強，每個士子此題都答得穩妥，難分等次高下。但詩作才華成就差別甚大，故無形中以士人文章中詩賦才華來品評取士。作詩成了士人入仕登龍之徑，必然工具。詩人也窮其心智造詩，藉以顯露才學。許多人認為這是唐詩發達主要原因。

唐詩體裁　千年鍾愛

唐詩之閃耀文壇，和大唐帝國雄邁氣象，社會豐盛的活動不無關係。自李唐一統中原，版圖遼闊，社會繁榮，物質豐裕，刺激到時人活躍於新生活、新境界。詩人都有欣逢盛世的自豪，眼界擴闊，胸襟拓展，每每影響他們創作的視野和情緒。唐代詩人輩出，各有成就，各有創作藝術意境，詩才之湧現，歷代所無。

及至唐室崩頹，民生困頓，社會環境為之一變。時人淒苦孤怨情懷，可藉唐詩以精簡文字，直述胸臆。而明快節奏，深入人心。唐詩內容可以包羅萬象，極易惹起大眾共鳴，所以無論世道盛衰，均無損詩人創作之喜愛。而唐詩格律精神，延至後代千年，為歷代文人鍾愛。因唐詩可以吟詠性情，可以申言吐志。時至今日，縱然不作唐詩，亦愛唸唐詩，唐詩之寶貴，可見一斑。至於唐詩成就，光耀古今唐代詩人，若無認識，實讀書人一大憾事。

金學研究的來龍去脈

金庸已已，遺澤人間。

說及「金學研究」四個字的出現，有人如見至親，多方研讀或參與寫作；有人嗤之以鼻，暗罵何來東施效顰仿學《紅樓夢》「紅學」。其實，研究金庸小說，是時代的產物，自有其出現的原因。「金學」究竟有沒有價值，要視乎「研究」者有沒有可觀的成果。

本人忝定為「金學」愛好者之，但最初全不知這是一樁有計策，有步驟的計劃。一九七六年筆者年輕志氣，與朋友合資出版《標誌》周刊。寫了一篇談金庸小說的小文〈陳家洛變了小雜種——談男角〉以招徠讀者。後來公餘心無思慕，要寫本談金著的書，花了半年時間，才擬定寫作大綱，共二十章。因金著三十六冊內容豐茂，有恐提筆時既會疏漏，或會重疊，所以花了許多時間編配章節內容。

著文談金庸小說　反應甚佳

結果只花了三個月時間，寫成十章，約十萬字，朋友鼓勵我立即寄給當時新成立的博益出版社。我騰正初稿，周一寄出，周二下午接獲總編輯施祖賢先生來電約見出版，當然高興雀躍。施先生說：「我一晚讀完了，決定出版。」這十章書名為《金庸筆下世界》，於一九八三年春由博益出版。想不到，不久被倪匡以筆名沙翁的專欄品題三天。他說：

讀楊興安先生著《金庸筆下世界》，高興莫名。「金學」研究可以推而廣之，要靠眾多人一起來寫文章，分析、評介金庸的小說。……楊興安文字極流利，全書可讀性極高，和有一些研究金庸作品的文字，艱澀難懂，引用大量外國人的話大不相同，但是他又有文學上的見解，格調極高。……

《金庸筆下世界》最少在香港再版多次（版本有三），聽說在台灣反應更烈。當時定價港幣十二元，因絕版多時，朋友告之三十多年後的今日，有人在網上拍賣，取價人民幣五百元。初版則六百八十元，可惜本人如今亦只存一冊。

台灣出版社有計劃推動「金學研究」

想不到當時全台灣最大的遠景出版社老闆沈登恩，跑到香港找到我，請我寫續篇。我既尚有十章未動筆，一口答應下來。豈知三年都不能成書。期間沈老闆每次到港，都帶有該出版社的「金庸研究」叢書給我參考，激勵寫作。我因而得到多冊台灣作家對金庸作品的評賞文章，不無裨益。

原來，沈登恩來港，事出有因。金庸小說在台灣原是禁書，是香港到台讀書的大學生暗中帶書入台，被同學輾轉借閱，地下風行一時。聰明的沈登恩運用他在台灣的人脈關係，取得金庸小說開禁。他在一九七九年九月獲得金庸小說出版權後，與《聯合報》和《中國時報》取得默契，邀約藝文及學術名家，在兩報副刊，強力推介金庸作品，兩報同時刊出金庸小說。《聯合報》連載《連城訣》，《中國時報》連載《倚天屠龍記》。沈氏再情商倪匡趕寫《我看金庸小說》，於一九八〇年七月推出。遠景更陸續出版研究金庸小說系列叢書。命名為「金學研究」，揭開有組織研究金庸作品的序幕。

回說相隔第一本談金庸著述五六年後，終於寫就餘下十章，書名《金庸小說十談》，是金庸替該書命名的。在港由「明窗」出版。在台灣第一本叫《漫談金庸筆下世界》，第二本叫《續談金庸筆下世界》。我的作品也被編入「金學研究」系列。

金學研究以倪匡個人作品最多，其他作家有按部評述，亦有隨意聊談。筆者最看重的，反而是四輯《諸子百家看金庸》，每輯擷集多位作家文章而成。因為內中有多篇文章是作者採訪金庸的訪問稿，許多記述都是金庸親口直接講述的。金庸絕少在香港接受談金庸小說的訪問，就此可補不足。猜想金庸的粵語不靈光，故比較愛在不說粵語的台灣接受訪問。訪問中更易於窺探金庸的心思學養。

金庸小說走入學術殿堂

據知最早把金庸作品帶入學院討論的，是一九八八年香港中文大學中國文化研究所辦的「武俠小說國際研討會」，聽說是由鄺健行、陳永明兩位教授主張和策劃的，會上不少學者已把論金庸小說作主題。當時該校黃維樑教授也有邀約筆者出席，不過由於工作上分身不暇，只交了論文〈論金著秉承傳統小說的香火〉，探討金庸小說怎樣受唐代傳奇影響。此次沒有赴會，誠屬遺憾。

一九九七年杭州大學（今浙江大學）舉辦「金庸小說研討會」，是首個由大學舉辦金庸小說專題的研討會。一九九八年，美國科羅拉多大學舉辦「金庸小說與二十世紀中國文學」。屬國際性學術研討會。二〇〇〇年十一月，北京大學與香港作家聯會合辦「北京金庸小說國際研討會」。至此，金庸小說已被多次帶進學術殿堂，諸色學者作家，見解紛陳。

各地舉辦大型金學研討會　此伏彼起

地方性舉辦大型金庸小說研討會也盛行起來。一九九八年四月雲南大理政府辦「金庸小說學術研討會」。一九九八年十一月台灣漢學研究中心和《中國時報》、《聯合報》合辦「金庸小說國際學術研討會」，二〇〇三年金庸家鄉人士和嘉興市政府辦「浙江嘉興金庸小說國際研討會」。金庸小說的研討會已成風氣，且擴展至國際，可見金庸小說的受廣大民眾歡迎，可讀性極高，啟迪性極甚。研討會上洋洋灑灑論文自四方八面飛來，在中國小說史上僅見，盛況空前。

上列研討會筆者大都有參與，期間認識不少作家，也讀過許多研討會上發表的論文。諸位與會者都從自己學養和觀察角度或談或評、或申引或考據金庸小說，各具姿采。不過，其中魚目珠貝相混，難免良莠之作互見。但優異出色論文實在不少，對充實當代文化資料及學術探討大有幫助。

金庸小說大醇小疵　確有漏洞

無可諱言，金庸小說絕非十全十美，雖經作者長時間修訂，要找漏洞仍斑斑有迹可尋。有人曾指出下列各點漏洞，略述如下：

一、郭靖較黃蓉年長多歲。
二、金蛇郎君筋脈被挑斷後仍能插劍深入石壁。
三、段譽盛年時七十歲。
四、倚天劍屠龍刀不能互相剋制。
五、阿珂、蘇荃同時早產。
六、小龍女十六年後衣服仍是白色。
七、謝遜在六盤山要大開殺戒時，何以無人認得他。
八、王語嫣如何能知全天下式功來龍去脈，破綻和厲害之處。

金庸小說中情節不合常理，及可議之處當然不止上述數點。更見到有作家最愛指出宋代黃蓉竟說出元曲〈山坡羊〉之不合邏輯。或說小說過於神奇，不合正統小說要求。其實此類見地絕非認識小說者之言。小說不是歷史，不是新聞，一定有創作虛假成分。小說可假借各式各樣事態充實內容，寫小說的金科玉律乃事假情真，相信此等非議者絕不知道。

金學研究　具有價值

在歷次研討會中，曾引起爭論的話題是「金庸小說究竟是否可以列入文學作品」。每次都有人各執己見，不分勝負，和氣收場。回歸後幾年，筆者心有不甘，徹底思考這個問題。

結果找出道理支持自己的答案：金庸小說屬於文學作品，並撰十餘萬字寫成《金庸小說與文學》一書。

金庸小說乃文學作品的核心支柱其實很清楚，金庸小說的重點是寫人性，寫得徹底而深刻深入，是難得的文學作品。如果說小說中有不少神異情節，而應排除文學作品之列，則《西遊記》亦非文學作品了。

至於「金學」有沒有價值？有沒有研究價值？也是肯定的；但也要看研究者的着眼點和成績。金庸小說博大精深，又如萬花筒的變化多姿，有不少題材可藉此探索中華文化的。例如可以探索道佛文化對中國社會的影響、徒弟與師門師父的關係和相處、中國人琴棋書畫和醫卜星相在生活上的價價等等。讀者愛讀常讀，愛研究便研究，才是道理。

金庸人物生命的追求——金庸館講座講稿

金庸小說的研究價值，除了小說本身娛樂性豐富、寫作出色，充滿閱讀時的快感，使小說的成就更上層樓的，是小說中帶出令人對人生深思的課題。在金庸小說三千萬言文字中，不乏對人性、人生的探討與啟示。其中最巧妙的地方，是書中提出了問題，卻沒有確切的答案，而是讓讀者自行思考，往往使讀者受到啟迪而對人生深思。

人生要有目標

《射鵰》中郭靖學有所成，駸駸然達一流高手境界。但鐵木真命他打大宋、李萍身殉以大義，郭靖便對人生陷入疑惑的境界。他在大漠南歸之時，春暖花開，但沿途兵革之餘，城破戶殘，屍骨滿路，引來愁思苦思。

我一生苦練武藝，練到現在，又怎樣呢？連母親和蓉兒都不能保（他誤會黃蓉之死），練了武藝又有何用？我一心要做好人，但到底能讓誰快樂了？……。我勤勤懇懇的苦學苦練，到頭來只有害人。早知如此，我一點武藝不會反而更好。如不學武，那麼做什麼呢？我這個人活在世上，到底是為什麼？以後數十年中，該當怎樣？……。

許多人也會像少年郭靖的迷失，尤其對自己會同樣的問：我這個人活在世上，到底是為什麼？但顯然易見，郭靖的煩惱，是失去人生的目標。

金庸小說中，不同的人物都有不同的人生目標。他們的人生目標是否正確，是否值得追求，該是值得探討的地方。

為愛情而活　為失去而追尋

在所有金庸著作中，以《天龍八部》寫人性的各有追求，寫得最深刻精采。《天龍》人物中，追求愛情，為情而癡，為情而苦，為情而恨的有不少人。情癡首推段譽，見到王語嫣之後，神魂顛倒，好像一生只有愛情才值得追求，因而沒有像郭靖迷失的反思苦惱。遊坦之和他如出一轍，見到阿紫後，失魂落魄，也以追求愛情是唯一大事。老一輩的風流皇弟段正淳人至中年仍視追求愛情為人生唯一目標，他追求愛情，享受愛情，而他的情人心態也和他一樣，或愛恨交織，或淒厲暴烈，皆因情愛而致。甚而做了婆婆級的天山童姥和李秋水也只是追求愛情，至耄耋之年仍與情敵苦鬥不休。

對愛情的追求其實人生難免。人性之中，就是憑情愛而滋潤養而得美妙可戀的人生。愛侶之情難分界線，介乎夫妻、朋友之間，亦會疊合夫妻朋友之情，微妙之處難以言喻。金庸小說中的含苞少女，少年英俠，中年老年為愛情所癡所苦，原不是為怪。

除了對愛情的執着，人生也別有所圖，《天龍》中寫得筆墨最多的便是慕容氏的復國圖謀。但慕容氏之處心積慮，傾力復國之舉，似乎是祖先遺下來的背負多於圖享富貴的心願。老父慕容博這樣，其子慕容復亦是如此。江南慕容氏一家，連家臣鄧百川，包不同等豪傑，對人生也沒有什麼特別的追求，只是追隨慕容氏復國，一往無悔，寫出他們的道義，也寫出人生的單調。

與慕容氏對頭的蕭氏父子又如何呢？蕭遠山早年被害得家破人亡，切志復仇成了他生存唯一目標。兒子蕭峰蕭大俠最初急於追尋構陷自己的元兇，後來卻竭力於干息遼宋紛爭。所求者大，唯有以身相殉而表達對生命追求的至誠。

《天龍》中尚有大理段延慶也是窮一生之力圖謀復位，鳩摩智則欲以過人之長稱霸圖雄。

最沒有人生目標的。還是少林僧虛竹和尚，在陰差陽錯之中，無心插柳，卻享盡世俗富貴榮華及愛情如願之福。

小說寫盡世道人心之趨鶩，但能如願遂心的，少之又少。書中無論是帝王豪傑，隱士凡夫，在對抗命運，天人角力中，往往受到命運的播弄而成為一個無助的失敗者，每每令人掩卷慨歎。

但金庸同時在小說中往往發放出對努力不懈者，勇於對命運抗爭者歌頌讚歎。許多肯奮發，敢於拼搏的人縱然最後失敗，但仍然發出人性的光輝，光采耀目，例如蕭峰便是其中一人。失敗並非可恥，最重要是是人生目標正確和奮搏的無悔。這種筆調使小說的成就踏上更高的境界。

爭奪與復仇

武俠小說，總脫離不少爭雄爭霸的故事，金庸小說的主調，也不能脫離「爭奪」。大人物有大人物的爭奪，小人物有小人物的爭奪。各人的背景地位不同，各有各的追求。武林人士愛建霸業，因為霸業背後有名有利。未爭霸業之先，便爭可以助建霸業的利器。

金庸小說的故事焦點不脫爭奪，所爭奪者又可以分成四大類：一是寶藏：如白馬嘯西風高昌迷宮珍寶，《碧血劍》徐達府寶藏，《連城訣》中江陵寺內金佛寶藏等等。其次是寶劍寶刀：如《鴛鴦刀》中刻着仁者無敵的鴛鴦刀，《倚天屠龍記》中倚天劍和屠龍刀。第三類是爭奪武林秘笈，如《射雕英雄傳》的《九陰真經》，《碧血劍》的金蛇秘笈，《笑傲江湖》中的《辟邪劍譜》（葵花寶典）等。第四類是爭位：小如掌門之位，五嶽合派盟主之爭，大如天下帝位之爭，慕容氏謀復國，大理段延慶謀復位。《書劍恩仇錄》中亦有帝位之爭。

從上文可見，金庸筆下人物爭奪的目標，漸次由世人皆受的財寶異物，變成絕對私慾的權位。平凡人只可以爭奪財寶。爭奪中得得失失，又惹出無數恩怨。有恩報恩，有仇報仇。

復仇，是金庸小說中重要的主題。

金庸第二部小說《碧血劍》便是復仇的故事，金蛇郎君為復仇而找石樑五老的晦氣。《飛狐外傳》全篇都以互相復仇為故事主幹。《神雕》主幹又是復仇，是李莫愁復情仇，和裘千尺的丈夫公孫止復仇。《倚天》中成崑以一人失戀，殃禍天下，造成謝遜濫殺，惹來一大群人向他復仇。此外，《書劍》和《鹿鼎記》不斷說及反清復明，反清復明也是一種復仇。楊過也曾想向郭靖夫婦復仇。金庸小說中多復仇的情節，金庸對復仇的態度卻有多元化的處理。

在《射雕》中，楊康明知完顏洪烈是殺父仇人，不但沒有殺之復仇，還出手援救。楊康不肯替父復仇，固充滿心理矛盾，既感完顏洪烈之恩養，又貪榮華，寫得深具人性。不願復仇的還有《連城訣》中的狄雲，見到舊情人戚芳，為了舊愛，竟然替奪妻的仇人療傷。《神雕》中年輕的楊過孤苦伶仃，因父親死得不明不白，以為給郭靖夫婦害死了，無時無刻不想復仇，後來明白郭靖為人，再沒有為父復仇的意念了。同樣胡斐明知苗人鳳是殺父仇人，但出於英雄惺惺相惜，當苗人鳳危急之時，便慨然出手相救。

對復仇的處心積慮，要數《射雕》和《神雕》中的王妃瑛姑。她為人刻怨孤僻，人生的目標除了一心一意和意中人重聚之外，便是要殺死害她孩兒的兇手，那知後來得楊過之助，引得與周伯通相見後，人變得豁達了。周伯通叫她下手打死殺子兇手裘千仞，她卻說：

> 倘若不是他，我此生再也不能和你相見，何況人死不能復生，且盡今日之歡，昔年怨苦，都忘了他啦！

這些可以復仇洩恨而不願復仇的人，有因自己的性格豁達仁慈，有因為氣度與見識，不肯下手，也有因為享受到快樂而饒卻敵人。

為復仇而生活，最處心積慮、刻忍過人的莫如《神鵰》中絕情谷中裘千尺和《笑傲》

中的林平之。裘千尺和公孫止是夫妻反目，切齒為仇，刻骨怨毒之甚極為罕有。結果裘千尺大仇得報。且把丈夫先祖傳下幾代家業一把火燒光，而自己也同時同地而亡，可有絲毫復仇之快？

林平之復仇的代價更是淒厲。他原是大鏢局的少主人。卻因被人覬覦家傳武學，弄得家破人亡。父母被殺後荒野棲身，求乞渡日，後且仰人鼻息，屈辱求助。忍辱負重，不外想報深仇。最後練成一流高手，玩弄敵人，宰殺得昔日陷害他的青城派一眾如禽如畜，結果自己反而弄瞎雙目，在得報大仇之後又可有絲毫快意？

親見仇人被殺身亡的感受，金庸小說中描述得最明白的是《天龍八部》中老冤家蕭遠山和慕容博：

那老僧一擊而中，慕容博全身一震，登時氣結，向後便倒。……蕭遠山見那老僧一掌擊死慕容博，本來也是訝異無比，聽此一問，不禁心中一片茫然，張口結舌，說不出話來。這三十年來，他處心積慮，便是要報這殺妻之仇、奪子之恨，……那知平白無端的出來一個無名老僧，行若無事的一掌便將自己的大仇人打死了。他霎時之間，猶如身在雲端，飄飄蕩蕩，……

突然之間，數十年來恨之切齒的大仇人，一個個死在自己面前，按理說十分快意，但內心卻實是說不出的寂寞淒涼，只覺在這世界上再沒有什麼事情可幹，活着也是白活。

上文撮引，原文多出兩倍字有餘，可是作者金庸對復仇後心態探討是那麼嚴謹和認真。這段寫來極為感人，復仇不一定快樂，反而是憾事，看來沒有什麼大意義。《神鵰》中程英和陸無雙滿門被李莫愁所害見到她被火燒死，心中也無喜悅之情。金庸小說中對復仇的情節都以低調消極的手法表現。無論讀者是否同意，但都反映出作者對復仇觀念有更寬大的胸懷，更高的視野。

金庸在小說中誠然懷着寬容的態度處理復仇的問題，但在字裏行間，其實有兩種元素使他有這樣的意識。且看《射鵰》中一段：

> 原來楊康聽黃蓉揭破自己秘密，再也忍耐不住，猛地躍起，伸手爪疾往她頭頂抓。……這一抓一抓便落在她肩頭。楊康這一下「九陰白骨爪」用上全力，五根手指全插在軟蝟甲的刺上……。
>
> 眾人心想歐陽鋒的怪蛇原來這樣厲害，又想楊康設計害死江南五怪，到頭來卻染上南希仁的毒血，當真極為不爽，身上都感到一陣寒意。

金庸小說中充滿人算不如天算的宿命論，惡人有報應的，而毋須親自施以復仇的手段。其次，施虐的惡行者，有幾多人是快樂的？有幾多人是稱心如意的？有幾多人能享受到泰然的生活？即使以正筆把他寫成由邪入正的裘千仞和謝遜，做了惡事，還不是心中常常受到自己的磨折？金庸讓人放棄「復仇」意識，當易為讀者明白了。

遁世高手盼有傳人

金庸小說，引導讀者深思什麼是真正的人生，正是小說中深遠意義之處。

一般武俠小說，寫俠客是為人人景仰，本領高明，在他們的世界是無所不能的。但金庸小說中，俠士的能力有限，愈是本領高強的人，所帶的悲愴無奈愈甚，見一燈大師、黃藥師、莫大先生、甚而郭靖、楊過、蕭峰、陳近南等英雄好漢，莫不苦憾纏身。金庸小說中豪俠的力量不大，郭靖夫婦回天乏力，不能救宋朝，只有壯烈犧牲殉國，袁承志不能改變李巖的運命，陳家洛只能寄望退讓出情場打動乾隆。蕭峰英雄蓋世，但身死宋遼紛爭仍不息。他們的命運遭遇，叫人唏噓之中，不禁反映人生所追所求者為何。金庸意識到個人反抗洪流的無力，顯示出更真實的世界。

金庸筆下一衆主人翁的悲劇、遺憾與失望，會不會令讀者消沉呢？金庸小說雖然有這樣消極的訊息，但讀者在默認金庸之餘，卻沒有因而志氣消磨，對人生並沒有因此而失望。

因為我們沒有像小說中人的欲求。這樣的訊息反而會對生活的態度加深思考。

人生有什麼追求呢？每個人因天賦、氣質、環境的不同而有別。使自己潛能徹底發揮，是人生追求的最高境界。金庸小說寫最高境界的人物，是隱逸式人物。

高人的遺憾

論金庸小說中絕世武功的頂尖人物。有認為是王重陽，亦有人提出張三丰、少林寺隱身蒼松洞，與張無忌比拼武藝的渡厄、渡刦和渡難三僧；尚有《天龍八部》在藏經閣內可以隨手點斃蕭遠山和慕容博的掃地僧。亦不能無視逍遙派七十年神功給虛竹的無崖子。風清揚也該榜上有名。

這一眾曠世英豪，他們都睥睨同儕，冠冕當代。但可真快活逍遙，一生無憾？他們既然選擇隱世遁世，當無悔無憾了？而然事實不然，此輩縱然淡看世情，無得失之心，其實均有相近的遺憾。

上列隱世高手，縱然不作擇徒之想，但一生驚人藝業與將草木同枯，在雙目緊閉之前，難道不會若有所失，長眠地下有所遺憾麼？古今世上英雄俊傑，暮年之時，誰不想後繼有人，發揚光大光前裕後？且讓諸君看看武當張三丰張真人在強敵當前時，心下暗自盤算的是什麼？

張三丰長聲吟道：「人生自古誰無死，留取丹心照汗青。」……此刻他面臨生死關頭，自然而然的吟了出來。……望了望俞岱巖一眼，心道：「我卻盼這套太極拳得能流傳後世，……。」（撮錄）

張三丰想的是把絕學傳世。在《碧血劍》中，金蛇郎君身成廢人，大限眉睫，也把破石樑五老陣法寫下，就是希望有朝一日得傳後人去破陣。金庸小說中涉及所有秘笈，著作者莫不抱有同樣之想，盼有傳人，否則何必大費周章？《倚天》中金花婆婆去找峨嵋派的晦氣，眾徒被她三招兩式打得七零八落，毫無還手之力，金花婆婆自言自語說出這樣的話來：

滅絕師太，你一世英雄，可算得武林中出類拔萃的人物，一旦身故，弟子之中，竟無一個像樣的人出來接掌門戶嗎？

金花婆婆喟然而歎，可見未得出色傳人，連敵人也替對方悲哀。傳人真是這樣重要嗎？在平凡的人看來，得傳其人是平凡的事；但在不凡的人物看來，卻是重中之重的大事。《天龍八部》中蘇星河已有八位出類拔萃的傳人，但為師門設想，竟處心積慮設下珍瓏棋局，

獲邀為沙田文化博物館之演講嘉賓

引盡天下愚賢不肖等人前來以備挑選。結果至誠至正的虛竹因緣際會，佔盡天機，也不負所望。由此可見能得精英接班人意義之重大。使隱世高人，生命中亦有追求，便是薪傳所學給下一代。

各位朋友，小說中人對生命有不同的執着和追求，我們這些平凡的人，或座中不平凡的聽眾，又該有什麼追求呢？個人認為有八個字可以給大家參考，這說難不難，說易不易。如今把這八個字送給座中各位，我們追求的便是「安居樂業，身體健康。」

謝謝各位！

二〇一七年九月十日

歲月如歌

作　　者：楊興安
責任編輯：黎漢傑
封面設計：黃晨曦
設計排版：多　馬
法律顧問：陳煦堂 律師

出　　版：初文出版社有限公司
電郵：manuscriptpublish@gmail.com

印　　刷：陽光印刷製本廠

發　　行：香港聯合書刊物流有限公司
香港新界荃灣德士古道 220-248 號
荃灣工業中心 16 樓
電話 (852) 2150-2100　傳真 (852) 2407-3062

臺灣總經銷：貿騰發賣股份有限公司
電話：886-2-82275988　傳真：886-2-82275989
網址：www.namode.com

新加坡總經銷：新文潮出版社私人有限公司
地址：71 Geylang Lorong 23, WPS618 (Level 6), Singapore 388386
電話：(+65) 8896 1946　電郵：contact@trendlitstore.com

版　　次：2022 年 7 月初版
國際書號：978-988-76253-4-6
定　　價：港幣 88 元　新臺幣 270 元

Published and printed in Hong Kong

香港印刷及出版